語言鳥Parrot
語言是通往世界的橋梁

語言鳥 **P**arrot

語言是通往世界的橋梁

這樣子學韓語，真的好簡單！

韓語單字

영 원 永遠
唸成 yeong won
（直接跟台語一樣）

감동 感動
唸成 gam dong
（直接跟中文一樣）

簡單到不行！

이보다 더 간단할 수 없는 한국어 단어

韓國文字的結構

　　韓文為表音文字，分為子音和母音，韓文字就是由子音和母音所組合而成。基本母音和子音各為10個字和14個字，總共24個字。基本母音和子音在經過組合之後，形成16個複合母音和子音，提高其整體組織性，這就是「韓語40音」。

　　每個韓文字代表一個音節，每音節最多有四個音素，而每字的結構最多由五個字母來組成，其組合方式有以下幾種：

1. 子音加母音，例如：나（我）
2. 子音加母音加子音，例如：방（房間）
3. 子音加複合母音，例如：귀（耳）
4. 子音加複合母音加子音，例如：광（光）
5. 一個子音加母音加兩個子音，例如：값（價錢）

韓語 40 音發音對照表

一、基本母音（10個）

	ㅏ	ㅑ	ㅓ	ㅕ	ㅗ	ㅛ	ㅜ	ㅠ	ㅡ	ㅣ
名稱	아	야	어	여	오	요	우	유	으	이
拼音發音	a	ya	eo	yeo	o	yo	u	yu	eu	i
注音發音	ㄚ	一ㄚ	ㄛ	一ㄛ	ㄡ	一ㄡ	ㄨ	一ㄨ	(ㄜ)	一

說 明

- 韓語母音「ㅡ」的發音和「ㄜ」發音有差異，但嘴型要拉開，牙齒快要咬住的狀態，才發得準。

- 韓語母音「ㅓ」的嘴型比「ㅗ」還要大，整個嘴巴要張開成「大O」的形狀，「ㅗ」的嘴型則較小，整個嘴巴縮小到只有「小o」的嘴型，類似注音「ㄡ」。

- 韓語母音「ㅕ」的嘴型比「ㅛ」還要大，整個嘴巴要張開成「大O」的形狀，類似注音「一ㄛ」，「ㅛ」的嘴型則較小，整個嘴巴縮小到只有「小o」的嘴型，類似注音「一ㄡ」。

二、基本子音（10個）

	ㄱ	ㄴ	ㄷ	ㄹ	ㅁ	ㅂ	ㅅ	ㅇ	ㅈ	ㅊ
名稱	기역	니은	디귿	리을	미음	비읍	시옷	이응	지읒	치읓
拼音發音	k/g	n	t/d	r/l	m	p/b	s	ng	j	ch
注音發音	ㄎ	ㄋ	ㄊ	ㄌ	ㄇ	ㄆ	ㄙ，(ㄒ)	不發音	ㄗ	ㄘ

說 明

- 韓語子音「ㅅ」有時讀作「ㄙ」的音，有時則讀作「ㄒ」的音，「ㄒ」音是跟母音「ㅣ」搭在一塊時才會出現。
- 韓語子音「ㅇ」放在前面或上面不發音；放在下面則讀作「ng」的音，像是用鼻音發「嗯」的音。
- 韓語子音「ㅈ」的發音和注音「ㄗ」類似，但是發音的時候更輕，氣更弱一些。

三、基本子音（氣音4個）

	ㅋ	ㅌ	ㅍ	ㅎ
名　　稱	키읔	티읕	피읖	히읗
拼音發音	k	t	p	h
注音發音	ㄎ	ㄊ	ㄆ	ㄏ

【說　明】

- 韓語子音「ㅋ」比「ㄱ」的較重，有用到喉頭的音，音調類似國語的四聲。

  ㅋ＝ㄱ＋ㅎ

- 韓語子音「ㅌ」比「ㄷ」的較重，有用到喉頭的音，音調類似國語的四聲。

  ㅌ＝ㄷ＋ㅎ

- 韓語子音「ㅍ」比「ㅂ」的較重，有用到喉頭的音，音調類似國語的四聲。

  ㅍ＝ㅂ＋ㅎ

四、複合母音（11個）

	ㅐ	ㅒ	ㅔ	ㅖ	ㅘ	ㅙ	ㅚ	ㅞ	ㅝ	ㅟ	ㅢ
名稱	애	얘	에	예	와	왜	외	웨	워	위	의
拼音發音	ae	yae	e	ye	wa	wae	oe	we	wo	wi	ui
注音發音	ㄝ	ㄧㄝ	ㄟ	ㄧㄟ	ㄨㄚ	ㄨㄝ	ㄨㄟ	ㄨㄟ	ㄨㄛ	ㄨㄧ	ㄜㄧ

說 明

- 韓語母音「ㅐ」比「ㅔ」的嘴型大，舌頭的位置比較下面，發音類似「ae」；「ㅔ」的嘴型較小，舌頭的位置在中間，發音類似「e」。不過一般韓國人讀這兩個發音都很像。

- 韓語母音「ㅒ」比「ㅖ」的嘴型大，舌頭的位置比較下面，發音類似「yae」；「ㅖ」的嘴型較小，舌頭的位置在中間，發音類似「ye」。不過很多韓國人讀這兩個發音都很像。

- 韓語母音「ㅚ」和「ㅞ」比「ㅙ」的嘴型小些，「ㅙ」的嘴型是圓的；「ㅚ」、「ㅞ」則是一樣的發音，不過很多韓國人讀這三個發音都很像，都是發類似「we」的音。

五、複合子音（5個）

	ㄲ	ㄸ	ㅃ	ㅆ	ㅉ
名　稱	쌍기역	쌍디귿	쌍비읍	쌍시옷	쌍지읒
拼音發音	kk	tt	pp	ss	jj
注音發音	ㄍ	ㄉ	ㄅ	ㄙ	ㄗ

【說　明】

• 韓語子音「ㅆ」比「ㅅ」用喉嚨發重音，音調類似國語的四聲。

• 韓語子音「ㅉ」比「ㅈ」用喉嚨發重音，音調類似國語的四聲。

六、韓語發音練習

	ㅏ	ㅑ	ㅓ	ㅕ	ㅗ	ㅛ	ㅜ	ㅠ	ㅡ	ㅣ
ㄱ	가	갸	거	겨	고	교	구	규	그	기
ㄴ	나	냐	너	녀	노	뇨	누	뉴	느	니
ㄷ	다	댜	더	뎌	도	됴	두	듀	드	디
ㄹ	라	랴	러	려	로	료	루	류	르	리
ㅁ	마	먀	머	며	모	묘	무	뮤	므	미
ㅂ	바	뱌	버	벼	보	뵤	부	뷰	브	비
ㅅ	사	샤	서	셔	소	쇼	수	슈	스	시
ㅇ	아	야	어	여	오	요	우	유	으	이
ㅈ	자	쟈	저	져	조	죠	주	쥬	즈	지
ㅊ	차	챠	처	쳐	초	쵸	추	츄	츠	치
ㅋ	카	캬	커	켜	코	쿄	쿠	큐	크	키
ㅌ	타	탸	터	텨	토	툐	투	튜	트	티
ㅍ	파	퍄	퍼	펴	포	표	푸	퓨	프	피
ㅎ	하	햐	허	혀	호	효	후	휴	흐	히
ㄲ	까	꺄	꺼	껴	꼬	꾜	꾸	뀨	끄	끼
ㄸ	따	땨	떠	뗘	또	뚀	뚜	뜌	뜨	띠
ㅃ	빠	뺘	뻐	뼈	뽀	뾰	뿌	쀼	쁘	삐
ㅆ	싸	쌰	써	쎠	쏘	쑈	쑤	쓔	쓰	씨
ㅉ	짜	쨔	쩌	쪄	쪼	쬬	쭈	쮸	쯔	찌

韓文大致上可以分成三種。

第1種是有漢字的韓文,其發音和中文或者台語很接近,大部分意思和中文一樣,很簡單就可以學起來。

第2種是從英文來的外來語,大多是高科技產品或者比較現代的一些詞。發音就是英語變成有點韓式英文的發音。只要會這個字的英文,發音再注意一下,這類的韓語單字也可以輕鬆記得。

第3種就是純韓文,原本就是以韓文來造的單字。

本書將韓語單字分成這三類,各依字典順序編排,方便讀者記憶和搜尋。有的韓語單字雖然有漢字,卻和中文意思不太一樣,或者看不出來是什麼意思。本書會在漢字後面補上真正對應的中文意思;外來語後面則寫出來源英文,希望讓大家愉快學韓語,用最方便、快速的方式,大量補充韓語單字,學韓語單字簡單到不行!

目錄

第一章

有漢字的韓文

● track 008

👑 價格 名詞

가격 ga gyeok

例 저 책은 가격이 너무 비싸요.
jeo chae geun ga gyeo gi neo mu bi ssa yo
這本書的價格太貴了。

可憐 形容詞

가련하다 ga ryeon ha da

例 주인 없는 길고양이들은 너무 가련해.
ju in eom neun gil go yang i deu reun neo mu ga
ryeon hae
沒有主人的流浪貓真是很可憐。

可望/希望/可能性 名詞

가망 ga mang

例 이번 대통령 선거에서 저 후보가 당선될 가망이
높다.
i beon dae tong nyeong seon geo e seo jeo hu bo ga
dang seon doel ga mang i nop da
這次總統大選那位候選人當選的可能性很高。

👑 可能/可以 形容詞

가능하다 ga neung ha da

例 그 일은 11월까지 해결 가능합니다.
geu i reun si bil wol kka ji hae gyeol ga neung ham ni
da
那件事情11月的時候可以解決。

歌詞 名詞

가사 ga sa

例 노래 가사 외우는 것이 어렵다.
no rae ga sa oe u neun geon ni eo ryeop da
要把歌詞背起來很難。

加入 動詞

가입하다 ga i pa da

例 기타 동호회에 가입하고 싶어요.
gi ta dong ho hoe e ga i pa go si peo yo
我想要加入吉他社。

假飾/虛假/虛飾 形容詞

가식하다 ga si ka da

例 가식하지 말고 솔직하게 말해.
ga si ka ji mal go sol ji ka ge mal hae
不要裝了老實說吧。

家族/家人/家眷 名詞

가족 ga jok

例 힘들 때는 가족이 보고 싶다.
him deul ttae neun ga jo gi bo go sip da
辛苦的時候我會想念家人。

● track 009

👑 間食(正餐之間吃的食物)/零食/點心 名詞

간식 gan sik

例 간식으로 초콜릿을 먹었다.
gan si geu ro cho kol lis eul meo geot da
我把巧克力當零食吃。

簡單 形容詞

간단하다 gan dan ha da

例 그 숙제는 너무 간단해.
geu suk je neun neo mu gan dan hae
那個作業太簡單了。

感覺 名詞

감각 gam gak

例 떡볶이가 너무 매워서 혀에 감각이 없어.
tteok bo kki ga neo mu mae wo seo hyeo e gam ga gi
eop seo
辣炒年糕太辣了,舌頭都麻掉了。

👑 感動 動詞

감동하다 gam dong ha da

例 엄마는 선물을 받고 매우 감동하셨다.
eom ma neun seon mu reul bat go mae u gam dong
ha syeot da
媽媽收到禮物之後非常感動。

👑 感謝 名詞

감사 gam sa

> 例 감사 인사를 드리다.
> gam sa in sa reul deu ri da
> **我向你獻上感謝的問候。**

江/河 名詞

강 gang

> 例 강에 가서 물고기를 잡고 놀았다.
> gang e ga seo mul go gi reul jap go no rat da
> **去河裡抓魚來玩。**

講義/講課/講解 名詞

강의 gang ui

> 例 그 교수님의 강의는 재미있더라고요.
> geu gyo su nim ui gang ui neun jae mi it deo ra go yo
> **聽說那個教授的課很有趣。**

開幕式 名詞

개막식 gae mak sik

> 例 올림픽 개막식이 언제 시작할까?
> ol lim pik gae mak si gi eon je si ja kal kka
> **奧林匹克的開幕式什麼時候開始呢？**

● track 010

👑 個人/私人 名詞

개인 gae in

例 그 숙제는 개인적으로 하는 거야.
geu suk je neun gae in jeo geu ro ha neun geo ya
那個作業是要自己一個人做的。

👑 乾燥/(洗衣機)脫水 形容詞、動詞

건조하다 geon jo ha da

例 피부가 건조해서 로션을 샀다.
pi bu ga geon jo hae seo ro syeon eul sat da
我的皮膚太乾燥了所以買了乳液。

懼/懼怕/害怕 名詞

겁 geop

例 난 겁이 많아서 공포 영화를 못 봐.
nan geo bi ma na seo gong po yeong hwa reul mot
bwa
我很膽小所以不敢看恐怖片。

格式/款式/體面/體統/排場 名詞

격식 gyeok sik

例 결혼식에 갈 때는 격식 있는 옷을 입어야 해.
gyeol hon si ge gal ttae neun gyeok sik gin neun os
eul ri beo ya hae
參加結婚典禮的時候要穿得體的衣服。

結果 名詞

결과 gyeol gwa

> 例 좋은 결과를 얻기 위해서 매일매일 노력해야 해.
> jo eun gyeol gwa reul reot gi wi hae seo mae il mae il
> lo ryeo kae ya hae
>
> **為了得到好的結果，應該要每天努力。**

結局/結果 名詞

결국 gyeol guk

> 例 결국 다이어트에 성공했구나!
> gyeol guk da i eo teu e seong gong haet gu na
> **結果減肥成功了！**

決勝戰/決賽 名詞

결승전 gyeol seung jeon

> 例 우리나라 축구 팀은 결승전까지 진출하였다.
> u ri na ra chuk gu tim eun gyeol seung jeon kka ji jin
> chul ha yeot da
>
> **我們國家的足球隊進入了決賽。**

結果實/成果 名詞

결실 gyeol sil

> 例 드디어 너의 노력이 결실을 맺는구나!
> deu di eo neo ui no ryeo gi gyeol si reul maen neun
> gu na
>
> **你的努力終於結出果實了。**

● track 011

決心／下定決心 動詞

결심하다 gyeol sim ha da

例 오늘부터 살을 빼기로 결심했어.

o neul bu teo sa reul ppae gi ro gyeol sim hae seo

我下定決心從今天開始減肥。

決裁／批准／核准 動詞

결재 gyeol jae

例 과장님께서 저 문서를 결재해 주셔야 합니다.

gwa jang nim kke seo jeo mun seo reul gyeol jae hae ju syeo ya ham ni da

課長必須要批准這份文件。

👑 決定 動詞

결정하다 gyeol jeong ha da

例 어떤 색 옷을 살 것인지 결정해야만 해요.

eo tteon saek gos eul sal geon nin ji gyeol jeong hae ya man hae yo

應該要決定該買什麼顏色的衣服了。

👑 結婚 動詞

결혼하다 gyeol hon ha da

例 우리 언니는 이번 주 일요일에 결혼한다.

u ri eon ni neun i beon ju il lyo i re gyeol hon han da

我的姐姐這個星期日要結婚。

經營者/經理 名詞

경영자 gyeong yeong ja

例 회사의 경영자가 되려면 노력을 많이 해야 해.
hoe sa ui gyeong yeong ja ga doe ryeo myeon no ryeo
geul ma ni hae ya hae
如果要成為公司的經營者必須要有許多的努力。

競爭 動詞

경쟁하다 gyeong jaeng ha da

例 대학에 가기 위해서는 여러 학생들과 경쟁해야
한다.
dae ha ge ga gi wi hae seo neun nyeo reo hak saeng
deul gwa gyeong jaeng hae ya han da
為了進入大學要跟許多的學生競爭。

競技/比賽 名詞

경기 gyeong gi

例 내일 축구 경기를 보러 가지 않을래?
nae il chuk gu gyeong gi reul bo reo ga ji a neul lae
明天你要不要一起去看足球比賽？

敬禮 名詞

경례 gyeong nye

例 군인들이 경례를 한다.
gun in deu ri gyeong nye reul han da
軍人們在敬禮。

● track 012

經驗/體驗 名詞

경험 gyeong heom

例 혼자 여행하는 것은 좋은 경험이 될 거예요.
hon ja yeo haeng ha neun geos eun jo eun gyeong heom i doel geo ye yo

一個人的旅行可以成為很好的經驗。

👑 雞蛋 名詞

계란 gye ran

例 아침으로 계란 하나를 먹었다.
a chim eu ro gye ran ha na reul meo geot da

我吃一顆蛋當做早餐。

👑 計畫 名詞

계획 gye hoek

例 일을 하기 전에 먼저 계획을 꼭 세워야 해요.
i reul ha gi jeon e meon jeo gye hoe geul kkok se wo ya hae yo

做事情之前一定要先定好計畫才行。

計算 動詞

계산하다 gye san ha da

例 모두 얼마인지 계산해 봐요.
mo du eol ma in ji gye san hae bwa yo

請計算看看總共多少錢。

繼續 動詞

계속하다 gye so ka da

例 계속하세요.

gye so ka se yo

請繼續。

考慮 動詞

고려하다 go ryeo ha da

例 외국인 학생들에게 한국어를 가르칠 때는,
학생들의 한국어 수준을 고려해야만 해요.

oe gu gin hak saeng deu re ge han gu geo reul ga reu chil ttae neun, hak saeng deu rui han gu geo su jun eul go ryeo hae ya man hae yo

在教導外國人學韓語的時候必須要考量學生的韓語水準。

高尚 形容詞

고상하다 go sang ha da

例 우리 엄마는 꽃꽂이라는 고상한 취미를 가지고
계신다.

u ri eom ma neun kkot kko chi ra neun go sang han chwi mi reul ga ji go gye sin da

我的媽媽有插花這樣高雅的興趣。

故鄉 名詞

고향 go hyang

例 내 고향은 서울입니다.

nae go hyang eun seo u rim ni da

我的故鄉是首爾。

● track 013

困難／為難 動詞

곤란하다 gol lan ha da

例 이것은 비밀이라 다른 사람에게 말하는 건
곤란해요.

i geos eun bi mi ri ra da reun sa ram e ge mal ha neun
geon gol lan hae yo

這個是祕密，所以要跟別人説有點為難。

工夫(與中文意思不同)／讀書／學習／用功 動詞

공부하다 gong bu ha da

例 어제 밤새 공부를 했어요.

eo je bam sae gong bu reul hae seo yo

我昨天熬夜讀書了。

公演／表演 名詞

공연 gong yeon

例 내가 좋아하는 밴드가 내일 홍대에서 공연을
한대.

nae ga jo a ha neun baen deu ga nae il hong dae e
seo gong yeon eul han dae

我喜歡的樂團明天會在弘大表演。

工事／工程 名詞

공사 gong sa

例 우리 집 근처 건물이 공사 중이라 조금
시끄러워요.

u ri jip geun cheo geon mu ri gong sa jung i ra jo
geum si kkeu reo wo yo

我們家附近的建築物在做工程，有點吵。

共感/同感/共鳴 動詞

공감하다 gong gam ha da

例 그 사람은 자신의 감정을 이야기했지만, 사람들은 공감하지 못했어요.

geu sa ram eun ja sin ui gam jeong eul ri ya gi haet ji man, sa ram deu reun gong gam ha ji mo tae seo yo

那個人雖然將自己的情感説出來，但是人們卻沒有產生共鳴。

空間 名詞

공간 gong gan

例 빈 공간에 알맞은 단어를 채워 넣으세요.

bin gong gan e al ma jeun dan eo reul chae wo neo eu se yo

請在空格內填上適當的單字。

公然的/公開的 形容詞

공공연하다 gong gong yeon ha da

例 저 둘이 사귀는 것은 공공연한 사실이야.

jeo du ri sa gwi neun geos eun gong gong yeon han sa si ri ya

他們兩個人正在交往是眾所皆知的事。

公開 名詞

공개 gong gae

例 그 회사는 신입 사원을 공개 모집하고 있다.

geu hoe sa neun sin ip sa won eul gong gae mo ji pa go it da

那個公司正在公開招募新人。

● track 014

👑 空氣 名詞

공기 gong gi

例 산 위의 공기는 도시의 공기보다 좋습니다.
san wi ui gong gi neun do si ui gong gi bo da jo
sseum ni da

山上的空氣比都市的空氣好。

公式 名詞

공식 gong sik

例 이 공식을 이용하여 이 수학 문제를 푸세요.
i gong si geul ri yong ha yeo i su hak mun je reul pu
se yo

請利用這個公式來解這題數學問題。

過去 名詞

과거 gwa geo

例 과거에는 스마트폰이 없었어.
gwa geo e neun seu ma teu pon i eop seo seo

過去是沒有智慧型手機的。

👑 課外/課外授課/家教 名詞

과외 gwa oe

例 몇몇 대학생들은 과외를 해서 용돈을 법니다.
myeon myeot dae hak saeng deu reun gwa oe reul hae
seo yong don eul beom ni da

有一些大學生會當家教來賺零用錢。

果然/果真/究竟/到底　副詞

과연　gwa yeon

例　과연 그 사람의 말이 사실일까?

gwa yeon geu sa ram ui ma ri sa si ril kka

那個人說的話果真是事實嗎？

關心/興趣　名詞

관심　gwan sim

例　그 남자는 내 여동생에게 관심이 있어서 매일
전화를 한다.

geu nam ja neun nae yeo dong saeng e ge gwan sim i
i seo seo mae il jeon hwa reul han da

那個男生對我的妹妹有興趣，每天都打電話來。

管理　動詞

관리하다　gwal li ha da

例　우리 할아버지는 아파트를 관리하는 경비원이셔.

u ri ha ra beo ji neun a pa teu reul gwal li ha neun
gyeong bi won i syeo

我的爺爺是管理公寓的管理員。

觀光　名詞

관광　gwan gwang

例　해외 관광은 돈이 많이 필요해요.

hae oe gwan gwang eun don i ma ni pil lyo hae yo

海外觀光需要很多錢。

● track 015

曠野/荒地　名詞

광야 gwang ya

例　광야의 풍경이 정말 아름다워서 사진을 많이
찍었어요.

gwang ya ui pung gyeong i jeong mal ra reum da wo
seo sa jin eul ma ni jji geo seo yo

曠野的風景真的很美，所以我拍了許多照片。

交代(與中文意思不同)/交接/交替/輪值　動詞

교대하다 gyo dae ha da

例　그 부대의 군인들은 매일매일 두 명씩 6시간마다
교대해서 정문을 지킨다.

geu bu dae ui gun in deu reun mae il mae il du
myeong ssik yeo seot si gan ma da gyo dae hae seo
jeong mun eul ji kin da

**那個部隊的軍人每天每6小時兩兩一組交替輪流看守大
門。**

👑交流　名詞

교류 gyo ryu

例　우리 학교와 교류하는 대만의 자매 학교에서
견학을 왔어요.

u ri hak gyo wa gyo ryu ha neun dae man ui ja mae
hak gyo e seo gyeon hak geul rwa seo yo

我來到跟我們學校有交流的台灣姊妹校見習了。

👑 教育 名詞

교육 gyo yuk

例 빵을 만드는 제빵기술은 전문적인 교육을
받아야만 할 수 있어요.
ppang eul man deu neun je ppang gi su reun jeon mun jeo gin gyo yu geul ba da ya man hal su i seo yo

做麵包的烘培技術要接受專門的教育才能做得到。

👑 校服/制服 名詞

교복 gyo bok

例 우리 학교의 학생은 교복을 꼭 입어야 합니다.
u ri hak gyo ui hak saeng eun gyo bo geul kkok gi beo ya ham ni da

我們學校學生一定要穿制服。

交際/交往 名詞

교제 gyo je

例 저 두 사람은 1년 전부터 교제 중이다.
jeo du sa ram eun il nyeon jeon bu teo gyo je jung i da

那兩個人1年前就開始交往了。

教師/老師 名詞

교사 gyo sa

例 교사는 학생들을 가르치는 직업입니다.
gyo sa neun hak saeng deu reul ga reu chi neun ji geo bim ni da

教師是教導學生的職業。

● track 016

👑 **教會** 名詞

교회 gyo hoe

例 우리 엄마는 일요일마다 교회를 가십니다.

u ri eom ma neun il lyo il ma da gyo hoe reul ga sim ni da

我的媽媽每個禮拜日都會去教會。

教室 名詞

교실 gyo sil

例 우리는 매일 교실에서 수업을 합니다.

u ri neun mae il gyo si re seo su eo beul ham ni da

我們每天都在教室裡上課。

交替/替換 動詞

교체하다 gyo che ha da

例 시계에 있는 배터리를 교체해야 해요.

si gye e in neun bae teo ri reul gyo che hae ya hae yo

時鐘的電池該換了。

👑 **構想** 動詞

구상하다 gu sang ha da

例 내일까지 각자 만들 작품의 대략적인 모양을 구상해 오세요.

nae il kka ji gak ja man deul jak pum ui dae ryak jeo gin mo yang eul gu sang hae o se yo

請各位明天將構想作品的大略模樣帶過來。

救援 動詞

구원하다 gu won ha da

例 종교에서는 신이 인간을 구원한다고 가르친다.

jong gyo e seo neun sin i in gan eul gu won han da go
ga reu chin da

在宗教中教導，神會救援人類。

購買 動詞

구매하다 gu mae ha da

例 이 제품을 구매하시면 하나 더 드리는 행사를
하고 있어요.

i je pum eul gu mae ha si myeon ha na deo deu ri
neun haeng sa reul ha go i seo yo

這個產品有做買一送一的活動。

救/拯救 動詞

구하다 gu ha da

例 물에 빠진 강아지를 구했더니 주인이
고마워했습니다.

mu re ppa jin gang a ji reul gu haet deo ni ju in i go
ma wo haet seum ni da

因為把小狗從水中救起來，主人很感謝。

國家 名詞

국가 guk ga

例 대한민국과 중화민국은 민주주의 국가입니다.

dae han min guk gwa jung hwa min gu geun min ju ju
ui guk ga im ni da

大韓民國與中華民國是民主主義的國家。

● track 017

👑 **國際** 名詞

국제 guk je

例 우리 나라는 국제 축구 경기에서 우승을
차지했다.

u ri na ra neun guk je chuk gu gyeong gi e seo u
seung eul cha ji haet da

我們國家在國際足球賽中獲得優勝。

軍隊 名詞

군대 gun dae

例 한국 남자들은 모두 군대에 가야 해.

han guk nam ja deu reun mo du gun dae e ga ya hae

韓國的男生都要去當兵。

洞/洞窟 名詞

굴 gul

例 이 굴은 매우 깊어요.

i gu reun mae u gi peo yo

這個洞穴很深。

👑 **宮殿** 名詞

궁전 gung jeon

例 유럽의 궁전들은 매우 멋있어.

yu reo bui gung jeon deu reun mae u meon ni seo

歐洲的宮殿很帥氣。

權威 名詞

권위 gwon wi

例 그 사람은 정말 권위있는 학자라서 세계적으로 유명해.

geu sa ram eun jeong mal gwon wi in neun hak ja ra seo se gye jeo geu ro yu myeong hae

那個人真的是世界知名的很有權威的學者。

倦怠 名詞

권태 gwon tae

例 매일매일 스케줄이 똑같아서 너무 권태로워.

mae il mae il seu ke ju ri ttok ga ta seo neo mu gwon tae ro wo

每天每天都是一樣的行程,所以感到倦怠。

貴夫人 名詞

귀부인 gwi bu in

例 그림 속에는 아름다운 드레스를 입은 귀부인이 그려져 있다.

geu rim so ge neun a reum da un deu re seu reul ri beun gwi bu in i geu ryeo jyeo it da

畫中是一位身著美麗衣裳的貴夫人。

• track 018

規則/規定 名詞

규칙 gyu chik

例 우리 회사는 미니스커트를 입으면 안 된다는
규칙이 있어요.

u ri hoe sa neun mi ni seu keo teu reul ri beu myeon
an doen da neun gyu chi gi i seo yo

我們公司有規定不可以穿迷你裙。

勤務/上班 動詞

근무하다 geun mu ha da

例 나는 은행에서 근무한다.

na neun eun haeng e seo geun mu han da

我在銀行上班。

今日 名詞

금일 geum il

例 금일 열리는 학교 행사에 많은 참여 부탁합니다.

geum il lyeol li neun hak gyo haeng sa e ma neun
cham nyeo bu ta kam ni da

請多多參與今日學校舉辦的活動。

禁菸 名詞

금연 geum nyeon

例 학교는 금연구역이야.

hak gyo neun geum nyeon gu yeo gi ya

學校是禁菸區域。

級友/同班同學　名詞

급우　geu bu

例 급우들과 힘을 합쳐 교실 청소를 했다.

geu bu deul gwa him eul hap chyeo gyo sil cheong so reul haet da

同班同學們一起合力打掃了教室。

基準/標準　名詞

기준　gi jun

例 자신만의 기준을 가지고 삶을 살아가야 해요.

ja sin man ui gi jun eul ga ji go sal meul sa ra ga ya hae yo

應該要拿符合自己的標準來過生活。

禱告　動詞

기도하다　gi do ha da

例 너를 위해서 매일매일 기도하고 있어.

neo reul rwi hae seo mae il mae il gi do ha go i seo

我每天每天都為你禱告。

駱駝　名詞

낙타　nak ta

例 낙타는 사막에 산다.

nak ta neun sa ma ge san da

駱駝生活在沙漠。

● track 019

👑 男子/男生 名詞

남자 nam ja

> 例 우리 언니는 남자 아기를 낳았다.
> u ri eon ni neun nam ja a gi reul la at da
> **我姊姊生了男孩。**

內性向/內向的 冠詞

내성적 nae seong jeok

> 例 그 사람은 성격이 내성적이라서 혼자 책읽기를 좋아해.
> geu sa ram eun seong gyeo gi nae seong jeo gi ra seo hon ja chae gik gi reul jo a hae
> **那個人個性比較內向，所以喜歡一個人看書。**

👑 冷暖房/冷氣暖氣設備 名詞

냉난방 naeng nan bang

> 例 이 아파트는 냉난방 시설이 최신식이다.
> i a pa teu neun naeng nan bang si seo ri choe sin si gi da
> **這棟公寓的冷暖氣設施都是最新型的。**

努力 動詞

노력하다 no ryeo ka da

> 例 열심히 노력해서 시험에서 1등을 했다.
> yeol sim hi no ryeo kae seo si heom e seo il deung eul haet da
> **很努力所以考試得了第一名。**

論議/討論 動詞

논의하다 non ui ha da

例 선생님들은 소풍을 어디로 갈 지 논의하고 있다.

seon saeng nim deu reun so pung eul reo di ro gal ji non ui ha go it da

老師們正在討論郊遊要去哪裡。

農事/耕田 名詞

농사 nong sa

例 우리 할아버지는 시골에서 농사를 지으셔.

u ri ha ra beo ji neun si go re seo nong sa reul ji eu syeo

我的爺爺在鄉下種田。

籃球 名詞

농구 nong gu

例 농구 선수들은 키가 크다.

nong gu seon su deu reun ki ga keu da

籃球選手們身高很高。

能通/精通/通達 動詞

능통하다 neung tong ha da

例 저 사람은 5개국어에 능통해서 여러 나라
사람들이랑 대화할 수 있어.

jeo sa ram eun da seot gae gu geo e neung tong hae seo yeo reo na ra sa ram deu ri rang dae hwa hal su i seo

那個人會說五個國家的語言所以可以跟許多國家的人
對話。

👑 **腦** 名詞

뇌 noe

例 뇌는 인간의 몸에서 정말 중요한 역할을 합니다.
noe neun in gan ui mom e seo jeong mal jung yo han nyeo ka reul ham ni da
腦在身體中真的是很重要的角色。

多分/很多/相當/充分 副詞

다분히 da bun hi

例 이것은 저의 다분히 개인적인 생각입니다.
i geos eun jeo ui da bun hi gae in jeo gin saeng ga gim ni da
這大多是我個人的想法。

多樣 動詞

다양하다 da yang ha da

例 꽃밭에 있는 꽃들의 색깔은 정말 다양하다.
kkot ba te in neun kkot deu rui saek kka reun jeong mal da yang ha da
花田裡花的色彩真的是很多樣化。

👑 **大幸/幸好/慶幸** 名詞

다행 da haeng

例 아기가 건강해서 정말 다행이야.
a gi ga geon gang hae seo jeong mal da haeng i ya
孩子很健康，真是慶幸。

單純/簡單/單一　動詞

단순하다 dan sun ha da

例　그 사람은 너무 단순해.

geu sa ram eun neo mu dan sun hae

那個人太單純了。

丹粧/端莊/化妝/打扮　動詞

단장하다 dan jang ha da

例　화장을 하고 예쁘게 단장했어요.

hwa jang eul ha go ye ppeu ge dan jang hae seo yo

化好妝打扮得很漂亮。

擔當者/負責人/經辦人　名詞

담당자 dam dang ja

例　문의사항은 담당자에게 전화로 물어보세요.

mun ui sa hang eun dam dang ja e ge jeon hwa ro mu reo bo se yo

您詢問的事項請打電話跟負責人詢問。

答/答案　名詞

답 dap

例　이 문제에는 답이 없다.

i mun je e neun da bi eop da

這個問題沒有答案。

● track 021

答狀/回信 名詞

답장 dap jang

例 편지가 와서 답장을 썼습니다.
pyeon ji ga wa seo dap jang eul sseot seum ni da
信件來了，所以我寫了回信。

答辯/回答 動詞

답변하다 dap byeon ha da

例 다음 질문에 대해 답변해주세요.
da eum jil mun e dae hae dap byeon hae ju se yo
請回答以下的問題。

堂堂正正/威風凜凜 動詞

당당하다 dang dang ha da

例 당당하게 자신을 소개하는 모습이 보기 좋습니다.
dang dang ha ge ja sin eul so gae ha neun mo seu bi
bo gi jo sseum ni da
看見你大大方方做自我介紹的樣子很令人欣賞(好看)。

當然 形容詞

당연하다 dang yeon ha da

例 외국인이 빠른 한국어를 이해하지 못하는 것은
당연해요.
oe gu gin i ppa reun han gu geo reul ri hae ha ji mo ta
neun geos eun dang yeon hae yo
外國人無法理解講很快的韓語，這是當然的事。

♛ 大學　名詞

대학　dae hak

例　대학에 들어가려면 공부를 열심히 해야지.

dae ha ge deu reo ga ryeo myeon gong bu reul lyeol sim hi hae ya ji

想要進大學的話就要努力地讀書呀。

代表　名詞

대표　dae pyo

例　내 친구가 우리 반 대표로 말하기 대회에 나가게 됐어.

nae chin gu ga u ri ban dae pyo ro mal ha gi dae hoe e na ga ge dwae seo

我的朋友代表我們班上去參加演講比賽。

待機/等候/待命　動詞

대기하다　dae gi ha da

例　약속이 몇 시인지 몰라서 일단 대기하고 있을게.

yak so gi myeot si in ji mol la seo il dan dae gi ha go i seul ge

我不知道約的是幾點所以先等候。

♛ 大膽(與中文意思不同)/了不起/厲害　形容詞

대단하다　dae dan ha da

例　그녀의 노래 솜씨는 정말 대단해!

geu nyeo ui no rae som ssi neun jeong mal dae dan hae

她的唱功真是了不起。

● track 022

對待/對於　動詞

대하다　dae ha da

例　요즘 그 사람이 날 대하는 태도가 차가워졌어.
yo jeum geu sa ram i nal dae ha neun tae do ga cha ga wo jyeo seo
最近那個人對我的態度變得很冷淡。

代身/替代/頂替/代為　名詞

대신　dae sin

例　점심으로 밥 대신 빵을 먹었어.
jeom sim eu ro bap dae sin ppang eul meo geo seo
我中午吃麵包代替吃飯。

對答/回答　動詞

대답하다　dae da pa da

例　이 질문에 대한 대답을 해 줄 수 있나요?
i jil mun e dae han dae da beul hae jul su in na yo
您可以回答我這個問題嗎?

逃亡/逃走　動詞

도망가다　do mang ga da

例　은행에 든 도둑은 경찰이 나타나자 도망갔다.
eun haeng e deun do du geun gyeong cha ri na ta na ja do mang gat da
進入銀行的小偷看到警察出現就逃走了。

圖章/印章　名詞

도장　do jang

例　이 서류에 도장을 찍어 주세요.
i seo ryu e do jang eul jji geo ju se yo
請在這文件上蓋章。

毒/狠　形容詞

독하다　do ka da

例　수경이는 정말 독하게 운동해서 살을 뺐더라.
su gyeong i neun jeong mal do ka ge un dong hae seo
sa reul ppaet deo ra
秀京真的狠下心來運動所以變瘦了。

同行/陪伴/伴隨　動詞

동행하다　dong haeng ha da

例　늦은 밤길은 위험하니까, 꼭 다른 사람과
동행해서 집에 가도록 해요.
neu jeun bam gi reun wi heom ha ni kka, kkok da reun
sa ram gwa dong haeng hae seo ji be ga do ro kae yo
晚上的夜路很危險，所以一定要跟其他人同行回家。

等等　不完全名詞

등등　deung deung

例　내가 좋아하는 과일에는 사과, 포도, 딸기 등등이
있어.
nae ga jo a ha neun gwa i re neun sa gwa, po do, ttal
gi deung deung i i seo
我喜歡的水果有蘋果、葡萄、草莓等等。

● track 023

滿員/客滿 名詞

만원 man won

例 엘리베이터는 승객들로 꽉 차서 이미 만원이었다.
el li be i teo neun seung gaek deul lo kkwak cha seo i
mi man won i eot da
電梯裡充滿了乘客，已經客滿了。

👑 滿足 形容詞

만족하다 man jo ka da

例 어제 머리를 잘랐는데 단발머리에 정말 만족해!
eo je meo ri reul jal lan neun de dan bal meo ri e
jeong mal man jo kae
我昨天剪頭髮了，真的很滿意我的短髮。

👑 萬一/如果 副詞

만일 man il

例 만일 너에게 100만원이 생긴다면 무엇을 하고
싶어?
man il leo e ge baek man won i saeng gin da myeon
mu eos eul ha go si peo
如果你有100萬元你會想要做什麼？

明晰/清晰/清楚/聰明 形容詞

명석하다 myeong seo ka da

例 그 아이는 정말 명석해서 하나를 가르쳐 주면
둘을 알아.
geu a i neun jeong mal myeong seo kae seo ha na reul
ga reu chyeo ju myeon du reul ra ra
那個小孩真的很聰明，能夠舉一反三。

銘心/銘記在心　動詞

명심하다　myeong sim ha da

例　이번 일을 명심하고 다시는 실수하면 안 돼.
i beon i reul myeong sim ha go da si neun sil su ha myeon an dwae
這件事情要銘記在心，不可以再出差錯了。

模樣/形狀　名詞

모양　mo yang

例　이 빵은 토끼 모양이라서 너무 귀엽다!
i ppang eun to kki mo yang i ra seo neo mu gwi yeop da
這個麵包是兔子的形狀，好可愛！

模仿　動詞

모방하다　mo bang ha da

例　아이들은 어른들의 말과 행동을 모방하며 배웁니다.
a i deu reun eo reun deu rui mal gwa haeng dong eul mo bang ha myeo bae um ni da
小孩子會模仿大人的言語和行動來學習。

無償/無報酬/免費/白　名詞

무상　mu sang

例　이 핸드폰은 구입하고 나서 1년간 무상 수리가 가능합니다.
i haen deu pon eun gu i pa go na seo il nyeon gan mu sang su ri ga ga neung ham ni da
買這支手機可以一年保固(免費修理)。

● track 024

無料/免費 名詞

무료 mu ryo

例 7세 이하 아이들은 무료로 입장할 수 있습니다.

il gop se i ha a i deu reun mu ryo ro ip jang hal su it
seum ni da

7歲以下的孩童可以免費入場。

文字/簡訊 名詞

문자 mun ja

例 한자는 문자 하나하나마다 뜻이 모두 달라요.

han ja neun mun ja ha na ha na ma da tteun ni mo du
dal la yo

漢字每一個字每一個字都有不同的意思。

勿論/不論/別説/不用説/當然 名詞、副詞

물론 mul lon

例 지영이는 영어는 물론 일본어도 아주 잘 합니다.

ji yeong i neun nyeong eo neun mul lon il bon eo do a
ju jal ham ni da

智英的英語很強，日語更不用説。

物情/人情世故 名詞

물정 mul jeong

例 그 아이는 너무 어려서 아직 세상 물정을 잘
몰라요.

geu a i neun neo mu eo ryeo seo a jik se sang mul
jeong eul jal mol la yo

那孩子太小了，不懂得人情世故。

美男　名詞

미남　mi nam

例　내 남동생은 정말 미남이라서 여러 여학생들이
우리 동생을 좋아해.

nae nam dong saeng eun jeong mal mi nam i ra seo
yeo reo yeo hak saeng deu ri u ri dong saeng eul jo a
hae

我的弟弟真的是美男子，好多女學生都喜歡他。

美女　名詞

미녀　mi nyeo

例　저 여자는 날씬하고 피부도 흰 미녀야.

jeo yeo ja neun nal ssin ha go pi bu do huin mi nyeo
ya

那個女生是又苗條、皮膚又白的美女。

房/房間　名詞

방　bang

例　그녀의 방에는 자기가 좋아하는 가수의
포스터들이 붙여져 있었어요.

geu nyeo ui bang e neun ja gi ga jo a ha neun ga su ui
po seu teo deu ri bu tyeo jyeo i seo seo yo

她的房間裡(那時)有貼她喜歡的歌手海報。

● track 025

放學(與中文意思不同)，放假

방학 bang hak

例 오늘부터 방학이라 늦잠을 잘 수 있겠다!
o neul bu teo bang ha gi ra neut jam eul jal su it get
da
從今天學校開始放假，所以我可以睡很晚了！

- -

例 수업이 끝났어요!
su eo bi kkeut na seo yo
放學了！下課了！

放送/播放 動詞

방송하다 bang song ha da

例 TV에서 재미있는 드라마를 방송하고 있어요.
TVe seo jae mi in neun deu ra ma reul bang song ha
go i seo yo
電視正在播有趣的戲劇。

反射/映照 名詞

반사 ban sa

例 거울에 햇빛이 반사되어서 너무 눈부셔요!
geo u re haet bi chi ban sa doe eo seo neo mu nun bu
syeo yo
鏡子將陽光反射出來，太耀眼了！

百 數詞

백 baek

例 단어 하나 당 백 번씩 써서 외우도록 하세요.

dan eo ha na dang baek beon ssik sseo seo oe u do ro ka se yo

每一個單字都請寫一百次來背誦。

富者/富翁/父子 名詞

부자 bu ja

例 부자가 되고 싶어서 매달 열심히 돈을 모읍니다.

bu ja ga doe go si peo seo mae dal lyeol sim hi don eul mo eum ni da

我想成為富翁所以每個月努力的存錢。

祕密 名詞

비밀 bi mil

例 이건 비밀이니까 절대 다른 사람한테 말하면 안 돼!

i geon bi mi ri ni kka jeol dae da reun sa ram han te mal ha myeon an dwae

這個是祕密,絕對不要告訴別人喔!

變/變化/改變 動詞

변하다 byeon ha da

例 수진이는 원래 조용한 아이였는데, 요즘 활발하게 변했어.

su jin i neun wol lae jo yong han a i yeon neun de, yo jeum hwal bal ha ge byeon hae seo

秀真本來是很安靜的孩子,最近變得比較活潑了。

49

• track 026

👑 變化 動詞

변화하다 byeon hwa ha da

例 오랜만에 고향을 방문했는데, 변화한 곳이 아주 많았다.

o raen man e go hyang eul bang mun haen neun de, byeon hwa han gos i a ju ma nat da

隔了很久才再度拜訪故鄉，很多地方都變了。

砂糖(與中文意思不同)/糖果 名詞

사탕 sa tang

例 사탕을 많이 먹고 나면 이를 닦아야 이가 썩지 않아요.

sa tang eul ma ni meok go na myeon i reul da kka ya i ga sseok ji a na yo

如果吃很多糖果一定要刷牙，牙齒才不會蛀掉。

👑 寫真/照相 名詞

사진 sa jin

例 할머니의 생신을 맞아 가족 모두 모여 사진을 찍었어요.

hal meo ni ui saeng sin eul ma ja ga jok mo du mo yeo sa jin eul jji geo seo yo

奶奶的生日到了全家族都聚集一起拍照。

事務室/辦公室 名詞

사무실 sa mu sil

例 우리 언니는 사무실에서 서류를 정리하는 일을
해.

u ri eon ni neun sa mu si re seo seo ryu reul jeong ni
ha neun i reul hae

我的姐姐在辦公室裡做整理文書的工作。

事業 名詞

사업 sa eop

例 우리 아버지는 책이랑 잡지를 파는 사업을 하셔.

u ri a beo ji neun chae gi rang jap ji reul pa neun sa eo
beul ha syeo

我的爸爸做的是賣書和雜誌的事業。

社會 名詞

사회 sa hoe

例 우리 사회에는 여러 종류의 사람들이 살아가고
있다.

u ri sa hoe e neun nyeo reo jong nyu ui sa ram deu ri
sa ra ga go it da

我們的社會中有各種各樣的人們生活著。

● track 027

👑 三溫暖 名詞

사우나 sa u na

例 사우나에서 땀을 흘리고 나오면 정말
개운해집니다.
sa u na e seo ttam eul heul li go na o myeon jeong
mal gae un hae jim ni da
在三溫暖裡面如果出汗真的會變爽快。

砂糖/白砂糖/方糖 名詞

설탕 seol tang

例 설탕을 넣어 주세요.
seol tang eul leo eo ju se yo
請加糖。

- -

例 저는 아메리카노에 설탕을 넣지 않고 그냥 마시는
걸 좋아해요.
jeo neun a me ri ka no e seol tang eul leo chi an ko
geu nyang ma si neun geol jo a hae yo
我喜歡美式咖啡不加糖直接喝。

山蔘 名詞

산삼 san sam

例 산삼을 먹으면 오래 산다는 말이 있어요.
san sam eul meo geu myeon o rae san da neun ma ri i
seo yo
聽說吃山蔘的話可以長壽。

山 名詞

산 san

例 산에 올라 신선한 공기를 마시면 기분이 좋아져.
san e ol la sin seon han gong gi reul ma si myeon gi bun i jo a jyeo
到山上呼吸新鮮的空氣心情會變好喔。

象徵 名詞

상징 sang jing

例 비둘기는 평화를 상징합니다.
bi dul gi neun pyeong hwa reul sang jing ham ni da
鴿子是和平的象徵。

象牙 名詞

상아 sang a

例 코끼리의 상아로 만든 공예품들은 고급스럽고 예쁩니다.
ko kki ri ui sang a ro man deun gong ye pum deu reun go geup seu reop go ye ppeum ni da
用大象的象牙來做成的工藝品很高級又美麗。

上衣 名詞

상의 sang ui

例 상의와 하의를 어울리게 맞추어 입는 것이 세련되어 보여요.
sang ui wa ha ui reul reo ul li ge mat chu eo im neun geon i se ryeon doe eo bo yeo yo
上衣跟下半身衣服搭配好來穿就會看起來很時尚。

53

● track 028

詳細 形容詞

상세하다 sang se ha da

例 새로 산 핸드폰의 사용설명서가 정말 상세해서
혼자서 사용법을 익힐 수 있었다.

sae ro san haen deu pon ui sa yong seol myeong seo
ga jeong mal sang se hae seo hon ja seo sa yong beo
beul rik il su i seot da

**新買的手機説明書真的很詳細，所以我自己也可以熟
悉使用方法。**

相續/繼承 動詞

상속하다 sang so ka da

例 할아버지가 돌아가시고 나서 아버지는
할아버지가 남기신 유산을 상속했다.

ha ra beo ji ga do ra ga si go na seo a beo ji neun ha
ra beo ji ga nam gi sin nyu san eul sang so kaet da

爺爺過世之後爸爸就繼承了爺爺的遺產。

相議/商議 動詞

상의하다 sang ui ha da

例 가족 여행을 어디로 가면 좋을지 우리 모두
상의한 후에 결정하자.

ga jok nyeo haeng eul eo di ro ga myeon jo eul ji u ri
mo du sang ui han hu e gyeol jeong ha ja

**我們的家庭旅行要去哪裡，大家一起討論之後來決定
吧。**

相當的/頗 副詞

상당히 sang dang hi

> 例 이 문장 안에는 외국인들에게 상당히 어려운 표현이 쓰여 있습니다.
>
> i mun jang an e neun oe gu gin deu re ge sang dang hi eo ryeo un pyo hyeon i sseu yeo it seum ni da
>
> 這個文章裡面寫有對外國人而言相當難的表達。

相對/對方 名詞

상대 sang dae

> 例 상대가 들었을 때 기분이 나쁠 말은 하지 않아야 합니다.
>
> sang dae ga deu reo seul ttae gi bun i na ppeul ma reun ha ji a na ya ham ni da
>
> 不要説對方聽到時心情會變不好的話。

常識 名詞

상식 sang sik

> 例 그는 어릴 때부터 책을 많이 읽어서인지 상식이 아주 풍부해.
>
> keu neun eo ril ttae bu teo chae geul ma ni il geo seo in ji sang si gi a ju pung bu hae
>
> 他從小時開始就讀很多書，所以常識很豐富。

● track 029

👑 想像 名詞

상상 sang sang

例 나는 가끔 내가 귀족이면 어떨까 하는 상상을
하곤 해요.

na neun ga kkeum nae ga gwi jo gi myeon eo tteol kka
ha neun sang sang eul ha gon hae yo

我常常想像自己如果是貴族的話會怎麼樣。

相通/投合 動詞

상통하다 sang tong ha da

例 나와 그 선배는 축구를 즐긴다는 점에서
상통합니다.

na wa geu seon bae neun chuk gu reul jeul gin da
neun jeom e seo sang tong ham ni da

我跟那位前輩在熱愛足球這一點上很相通。

👑 生活 名詞

생활 saeng hwal

例 외국에 나가서 살게 되면, 새로운 생활에 적응할
시간이 필요합니다.

oe gu ge na ga seo sal ge doe myeon, sae ro un saeng
hwa re jeo geung hal si gan i pil lyo ham ni da

如果如果到國外生活，就需要適應新生活的時間。

👑 生命 名詞

생명 saeng myeong

例 생명은 작은 것이든 큰 것이든 모두 중요하고
소중한 것입니다.

saeng myeong eun ja geun geon ni deun keun geon
ni deun mo du jung yo ha go so jung han geon nim ni
da

生命不論是小或者是大，全都很重要且珍貴。

👑 先生/老師 名詞

선생 seon saeng

例 내 친구는 수학을 정말 좋아해서, 나중에 커서
수학 선생이 되고 싶어한다.

nae chin gu neun su ha geul jeong mal jo a hae seo,
na jung e keo seo su hak seon saeng i doe go si peo
han da

我的朋友真的很喜歡數學，以後他長大想要當數學老師。

例 김 선생, 오랜만이에요. 잘 지냈어요?

gim seon saeng o raen man i e yo jal ji nae seo yo

金老師，好久不見。最近好嗎？

選擇 動詞

선택하다 seon tae ka da

例 토요일과 일요일 둘 중 하루를 선택해서
놀러가도록 합시다.

to yo il gwa il lyo il dul jung ha ru reul seon tae kae
seo nol leo ga do ro kap si da

星期六跟星期日兩天當中，我們選一天去玩吧。

● track 030

送物/禮物 名詞

선물 seon mul

例 어머님 생신 선물로 무엇을 사면 좋을까?
eo meo nim saeng sin seon mul lo mu eos eul sa
myeon jo eul kka
媽媽生日要買什麼好呢？

選好/嗜好/偏好 動詞

선호하다 seon ho ha da

例 나이 드신 어르신 분들은 단 음식을 선호하는
경향이 있다.
na i deu sin eo reu sin bun deu reun dan eum si geul
seon ho ha neun gyeong hyang i it da
年紀變大的年長者飲食會有偏好甜味的傾向。

說明 名詞

설명 seol myeong

例 이 운동은 올바른 자세에 대한 설명을 꼭 듣고
해야 다치지 않아요.
i un dong eun ol ba reun ja se e dae han seol myeong
eul kkok deut go hae ya da chi ji a na yo
這個運動一定要聽正確的姿勢說明才不會受傷。

性格/個性 名詞

성격 seong gyeok

例 그는 성격이 정말 좋아서 친구가 많다.
geu neun seong gyeo gi jeong mal jo a seo chin gu ga
man ta
他的個性真的很好，所以有很多朋友。

成份 名詞

성분 seong bun

例 우유와 같은 유제품에는 칼슘 등 몸에 좋은
성분이 많이 함유되어 있습니다.

u yu wa ga teun nyu je pum e neun kal syum deung
mom e jo eun seong bun i ma ni ham nyu doe eo it
seum ni da

像牛奶一樣的乳製品裡面含有許多的鈣質等對身體很
好的成份。

成功 動詞

성공하다 seong gong ha da

例 저 친구는 매사에 성실한 것을 보니 나중에 꼭
성공할 거야.

jeo chin gu neun mae sa e seong sil han geos eul bo
ni na jung e kkok seong gong hal geo ya

我看那位朋友做每件事都很實在，以後一定會成功。

成長 名詞

성장 seong jang

例 우유에는 어린이들의 성장에 도움을 주는
영양소가 많다고 합니다.

u yu e neun eo rin i deu rui seong jang e do um eul ju
neun nyeong yang so ga man ta go ham ni da

聽說牛奶裡面有許多對於孩童成長有幫助的營養素。

● track 031

👑 世界 名詞

세계 se gye

例 나중에 꼭 세계 일주를 하고 싶어!

na jung e kkok se gye il ju reul ha go si peo

我之後一定要環遊世界一周！

世上/世界上/全世界 名詞

세상 se sang

例 네가 세상에서 가장 사랑하는 사람은 누구니?

ne ga se sang e seo ga jang sa rang ha neun sa ram
eun nu gu ni

全世界你最愛的人是誰？

👑 歲拜/拜年 名詞

세배 se bae

例 한국에서는 설날에 어른들에게 세배를 하고
세뱃돈을 받아요.

han gu ge seo neun seol la re eo reun deu re ge se
bae reul ha go se baet don eul ba da yo

在韓國農曆新年時會向長輩拜年然後領壓歲錢。

歲月 名詞

세월 se wol

例 세월이 많이 흐르면 늙는 것은 자연스러운
일이에요.

se wo ri ma ni heu reu myeon neung neun geos eun ja
yeon seu reo un i ri e yo

歲月流逝後，變老是正常的。

疏外感/疏離感 名詞

소외감 so oe gam

例 친구들이 자기들만 아는 이야기를 하자 나는
소외감을 느꼈습니다.

chin gu deu ri ja gi deul man a neun i ya gi reul ha ja
na neun so oe gam eul leu kkyeot seum ni da

朋友們只說他們自己知道的事情，讓我覺得有被疏離的感覺。

紹介/介紹 動詞

소개하다 so gae ha da

例 은지는 부모님께 남자친구를 소개했습니다.

eun ji neun bu mo nim kke nam ja chin gu reul so gae
haet seum ni da

恩智把男朋友介紹給父母。

小包/包裹 名詞

소포 so po

例 선물을 소포로 보냈어요.

seon mu reul so po ro bo nae seo yo

我把禮物用包裹送出去了。

消化 名詞

소화 so hwa

例 너무 많이 먹어서 소화가 안 돼요.

neo mu ma ni meo geo seo so hwa ga an dwae yo

我吃太多了無法消化。

👑 **少女** 名詞

소녀 so nyeo

例 교복을 입은 소녀들이 웃으면서 길을 걸어가고
있어요.

gyo bo geul ri beun so nyeo deu ri us eu myeon seo gi
reul geo reo ga go i seo yo

穿著制服的少女們一邊笑著在走路。

少年 名詞

소년 so nyeon

例 소년들이 운동장에서 농구 경기를 하고 있었다.

so nyeon deu ri un dong jang e seo nong gu gyeong
gi reul ha go i seot da

少年們在運動場玩籃球比賽。

疏忽 動詞

소홀하다 so hol ha da

例 요새 건강 관리에 소홀했더니, 감기에 걸리고
말았어요.

yo sae geon gang gwal li e so hol haet deo ni, gam gi
e geol li go ma ra seo yo

我最近比較疏忽健康管理，結果就感冒了。

逍風/兜風/遠足/郊遊 名詞

소풍 so pung

例 초등학생들이 놀이공원으로 소풍을 왔어요.

cho deung hak saeng deu ri no ri gong won eu ro so
pung eul rwa seo yo

小學生到遊樂公園裡遠足。

所願/願望 名詞

소원 so won

例 올해 꼭 이루고 싶은 소원을 하나씩 말해 볼까요?

ol hae kkok gi ru go si peun so won eul ha na ssik mal hae bol kka yo

我們來説説今年一定想要達成的願望，説一個好不好？

送金/匯款 動詞

송금 song geum

例 내일까지 이 계좌로 아래의 금액을 송금해 주십시오.

nae il kka ji i gye jwa ro a rae ui geum ae geul song geum hae ju sip si o

請在明天之前匯款如下金額到這個帳號去。

手段(與中文意思不同)/方法/工具 名詞

수단 su dan

例 우리는 부산 여행을 갔을 때 교통 수단으로 버스와 지하철을 이용했습니다.

u ri neun bu san nyeo haeng eul ga seul ttae gyo tong su dan eu ro beo seu wa ji ha cheo reul ri yong haet seum ni da

我們去釜山旅行的時候，交通工具是搭巴士還有地下鐵。

● track 033

收斂/收縮/收集 動詞

수렴하다 su ryeom ha da

例 이번 계획은 모든 분의 의견을 수렴해서
결정하도록 할게요.

i beon gye hoe geun mo deun bun ui ui gyeon eul su
ryeom hae seo gyeol jeong ha do ro kal ge yo

這一次的計劃會歸納所有人的意見然後來做決定。

修理 動詞

수리하다 su ri ha da

例 제 컴퓨터가 고장나서 수리해야 하는데, 서비스
센터가 어디 있나요?

je keom pyu teo ga go jang na seo su ri hae ya ha
neun de, seo bi seu sen teo ga eo di in na yo

我的電腦故障了需要修理,請問服務中心在哪裡?

濕氣 名詞

습기 seup gi

例 대만은 한국보다 습기가 많아요.

dae man eun han guk bo da seup gi ga ma na yo

台灣的濕氣比韓國重。

乘務員/空服員 名詞

승무원 seung mu won

例 목이 마르면 승무원에게 마실 것을 부탁하면
됩니다.

mo gi ma reu myeon seung mu won e ge ma sil geos
eul bu ta ka myeon doem ni da

如果口渴的話跟空服員說請他給你喝的東西就可以了。

👑 時間 名詞

시간 si gan

例 내일 약속 시간에 늦지 않게 나와야 돼!
nae il lyak sok si gan e neut ji an ke na wa ya dwae
明天約會的時間真的不要遲到了！

👑 時計/時鐘/手錶 名詞

시계 si gye

例 내 방에 있는 시계는 5분 정도 느려요.
nae bang e in neun si gye neun o bun jeong do neu ryeo yo
我房間的時鐘大約慢5分鐘。

植物 名詞

식물 sing mul

例 우리 할머니는 집에서 꽃이나 난초 같은 식물을 키우는 것을 정말 좋아하세요.
u ri hal meo ni neun ji be seo kko chi na nan cho ga teun sing mu reul ki u neun geos eul jeong mal jo a ha se yo
我的奶奶真的很喜歡在家裡種花或者蘭花草這些植物。

式/方式 名詞

식 sik

例 이 문제는 이런 식으로 풀면 됩니다.
i mun je neun i reon si geu ro pul myeon doem ni da
這個問題用這個方式解開就可以了。

● track 034

👑 食堂/餐廳 名詞

식당 sik dang

例 저 식당은 정말 맛있어서 항상 사람들이 줄을
길게 서 있어요.

jeo sik dang eun jeong mal man ni seo seo hang sang
sa ram deu ri ju reul gil ge seo i seo yo

那間餐廳真的很好吃，總是大排長龍。

👑 食事/用餐/吃飯 動詞

식사하다 sik sa ha da

例 다음 주 주말 저녁에 저랑 같이 식사하실래요?

da eum ju ju mal jeo nyeo ge jeo rang ga chi sik sa ha
sil lae yo

下週週末要不要跟我一起吃飯啊？

神奇 形容詞

신기하다 sin gi ha da

例 어린 아이가 영어를 저렇게 잘 하다니, 정말
신기하다!

eo rin a i ga yeong eo reul jeo reo ke jal ha da ni,
jeong mal sin gi ha da

小朋友英語講得那麼好真是神奇！

新郎 名詞

신랑 sil lang

例 신랑이 신부 손에 반지를 끼워주었다.

sin lang i sin bu so ne ban ji reul kki wo ju eot da

新郎將戒指戴在新娘的手上。

新婦/新娘 名詞

신부 sin bu

例 결혼식을 할 때, 신부는 보통 흰 웨딩 드레스를 입습니다.

gyeol hon si geul hal ttae, sin bu neun bo tong huin we ding deu re seu reul rip seum ni da

結婚的時候新娘通常會穿白色的婚紗。

新聞/報紙 名詞

신문 sin mun

例 우리 아빠는 매일 아침에 아침을 드시면서 신문을 읽으신다.

u ri a ppa neun mae il ra chim e a chim eul deu si myeon seo sin mun eul ril geu sin da

我的爸爸每天早上會一邊吃早餐一邊看報紙。

信用/信賴 名詞

신용 sin nyong

例 철수는 매사에 성실하고 정직해서 사람들의 신용을 얻고 있습니다.

cheol su neun mae sa e seong sil ha go jeong ji kae seo sa ram deu rui sin nyong eul reot go it seum ni da

哲秀在每件事情都很誠實且正直，所以得到人們的信賴。

● track 035

身份 名詞

신분 sin bun

例 옛날에는 신분이 나누어져 있어서, 모든 사람이 평등한 것은 아니었다.

yen na re neun sin bun i na nu eo jyeo i seo seo, mo deun sa ram i pyeong deung han geos eun a ni eot da

在以前身份是有區別的，不是所有的人都平等的。

神祕的 形容詞

신비하다 sin bi ha da

例 우주 여행에 관한 이야기는 언제 들어도 참 신비해요.

u ju yeo haeng e gwan han i ya gi neun eon je deu reo do cham sin bi hae yo

關於宇宙旅行的事情不論何時聽都覺得很神祕。

新鮮的 形容詞

신선하다 sin seon ha da

例 이 가게의 생선들은 정말 신선하다.

i ga ge ui saeng seon deu reun jeong mal sin seon ha da

這家店的魚真的很新鮮。

臣下 名詞

신하 sin ha

例 신하들은 모두들 왕의 명령에 따랐다.

sin ha deu reun mo du deul rwang ui myeong nyeong e tta rat da

臣下們全部都遵循王的命令。

新進/新人 名詞

신진 sin jin

例 그 선수는 올해 새로 활동하기 시작한 신진인데 엄청난 기량을 보여주고 있어.

geu seon su neun ol hae sae ro hwal dong ha gi si ja kan sin jin in de eom cheong nan gi ryang eul bo yeo ju go i seo

那位選手是今年剛開始活動的新人，他的表現相當出色。

申告/報案 動詞

신고하다 sin go ha da

例 버스나 지하철에서 성추행범을 보면 꼭 신고해야 합니다.

beo seu na ji ha cheo re seo seong chu haeng beom eul bo myeon kkok sin go hae ya ham ni da

如果在公車和地下鐵遇到性騷擾的人一定要趕快報案。

實相/實際上 名詞

실상 sil sang

例 두 사람은 친하고 가까운 사이 같아 보이지만 실상은 그렇지 않다.

du sa ram eun chin ha go ga kka un sa i ga ta bo i ji man sil sang eun geu reo chi an ta

他們兩個人看起來很親密很靠近，但是實際上卻不是那樣。

● track 036

失格/失去資格 名詞

실격 sil gyeok

例 5번의 도전 중 3번 실패하면 실격입니다.
ta seot beon ui do jeon jung se beon sil pae ha myeon
sil gyeo gim ni da
挑戰5次，如果其中3次失敗就失去資格。

失禮/抱歉 動詞

실례하다 sil lye ha da

例 어제는 밤 늦게 찾아뵈어서 정말 실례했습니다.
eo je neun bam neut ge cha ja boe eo seo jeong mal
sil lye haet seum ni da
昨天晚上那麼晚去找你真是很抱歉。

實感/實體感/實際感受

실감하다 sil gam ha da

例 날씨가 부쩍 따뜻해진 것을 보니, 봄이 온 것을
실감할 수 있어.
nal ssi ga bu jjeok tta tteu tae jin geos eul bo ni, bom i
on geos eul sil gam hal su i seo
天氣突然變得溫暖，真的實際感受到春天來臨了。

實力 名詞

실력 sil lyeok

例 실력이 좋은 미용사가 머리를 잘라 줘서 머리가
정말 예쁘게 잘 됐어!
sil lyeo gi jo eun mi yong sa ga meo ri reul jal la jwo
seo meo ri ga jeong mal rye ppeu ge jal dwae seo
我去給實力很好的美髮師剪髮，頭髮真的變漂亮了！

👑 實際 名詞

실재 sil jae

> 例 이 사진 속의 아름다운 곳이 실재하는 곳이란
> 말인가요?
>
> i sa jin so gui a reum da un gos i sil jae ha neun gos i
> ran ma rin ga yo
>
> **你是説這照片裡面這麼美麗的地方是實際存在的地方嗎?**

實/飽滿 形容詞

실하다 sil ha da

> 例 올해 농사가 잘 되어서 감자가 정말 실하게
> 자랐어요.
>
> ol hae nong sa ga jal doe eo seo gam ja ga jeong mal
> sil ha ge ja ra seo yo
>
> **今年的收成很好,馬鈴薯真的長得很結實。**

👑 兒童 名詞

아동 a dong

> 例 이 놀이기구는 150cm(센티미터) 미만의
> 아동들은 탑승할 수 없습니다.
>
> i no ri gi gu neun baek go sip sen ti mi teo mi man ui
> a dong deu reun tap seung hal su eop seum ni da
>
> **這個遊樂設施150公分以下的兒童不可以搭乘。**

● track 037

👑 **握手** 動詞

악수 ak su

例 양 팀 선수들은 기분 좋게 악수를 했어요.
yang tim seon su deu reun gi bun jo ke ak su reul hae
seo yo
兩隊的選手心情好好的互相握手。

案內/介紹/引導/帶路 名詞

안내 an nae

例 손님 두 분 이쪽 좌석으로 안내해 드리겠습니다.
son nim du bun i jjok jwa seo geu ro an nae hae deu ri
get seum ni da
我會把兩位客人引導到這邊的座位。

👑 **愛人/戀人/男(女)朋友** 名詞

애인 ae in

例 애인 있어요?
ae in i seo yo
你有男(女)朋友嗎?

愛情 名詞

애정 ae jeong

例 이번 생일날 부모님의 애정이 듬뿍 담긴 편지와
선물을 받았습니다.
i beon saeng il lal bu mo nim ui ae jeong i deum ppuk
dam gin pyeon ji wa seon mu reul ba dat seum ni da
這次生日我收到父母親充滿愛情的信件和禮物。

夜景 名詞

야경 ya gyeong

例 남산 타워에서 보는 서울의 야경은 정말
아름답습니다.

nam san ta wo e seo bo neun seo u rui ya gyeong eun
jeong mal ra reum dap seum ni da

在南山塔看見的首爾夜景真的很美麗。

夜勤/加班 名詞

야근 ya geun

例 어제밤 10시까지 야근을 했어요.

eo je bam yeol si kka ji ya geun eul hae seo yo

昨天我加班到晚上10點。

野/粗俗/低級 形容詞

야하다 ya ha da

例 그 치마는 너무 짧아서 야하고 보기 민망해요.

geu chi ma neun neo mu jjal ba seo ya ha go bo gi
min mang hae yo

那件裙子太短又太野了，令人看得很尷尬。

椰子 名詞

야자 ya ja

例 열대 지방에 가면 야자나무에 야자가 많이 열려
있는 것을 볼 수 있다.

yeol dae ji bang e ga myeon nya ja na mu e ya ja ga
ma ni yeol lyeo in neun geos eul bol su it da

在熱帶地方可以看到許多椰子樹結了滿滿的椰子。

● track 038

藥 名詞

약 yak

例 이 약은 식후 30분에 드셔야 해요.

i ya geun sik u sam sip bun e deu syeo ya hae yo

這個藥要在飯後30分鐘吃。

若干/些許/有點 名詞、副詞

약간 yak gan

例 날씨가 약간 추워져서 얇은 외투를 걸쳤어요.

nal ssi ga yak gan chu wo jyeo seo yal beun oe tu reul
geol chyeo seo yo

天氣有點變冷了要穿上薄外套。

👑 約束(與中文意思不同)/約定 動詞

약속하다 yak so ka da

例 우리 다음 달에는 꼭 만나기로 약속하자!

u ri da eum da re neun kkok man na gi ro yak so ka ja

我們約好下個月一定要見面喔!

弱 動詞

약하다 ya ka da

例 그 사람은 몸이 약해서 감기에 자주 걸려요.

geu sa ram eun mom i ya kae seo gam gi e ja ju geol
lyeo yo

那個人的身體很弱所以常常感冒。

讓步/讓位 動詞

양보하다 yang bo ha da

例 대중 교통에서는 노약자에게 자리를 양보하도록
합시다.

dae jung gyo tong e seo neun no yak ja e ge ja ri reul
lyang bo ha do ro kap si da

搭乘大眾交通工具時要讓位給老弱婦孺。

洋服/西裝 名詞

양복 yang bok

例 회사 면접을 보러 갈 때는 보통 단정한 양복을
입습니다.

hoe sa myeon jeo beul bo reo gal ttae neun bo tong
dan jeong han nyang bok geul rip seum ni da

去公司面試的時候通常要穿端正的西裝。

陽傘 名詞

양산 yang san

例 햇빛이 너무 따가우면 양산을 써서 피부를
보호해야 해요.

haet bi chi neo mu tta ga u myeon nyang san eul sseo
seo pi bu reul bo ho hae ya hae yo

如果陽光太過強烈就要用陽傘來保護皮膚。

● track 039

👑 **養成** 動詞

양성하다 yang seong ha da

例 그 도자기 장인은 후계자를 양성하는 데에 온
힘을 쏟았다.

geu do ja gi jang in eun hu gye ja reul lyang seong ha
neun de e on him eul sso dat da

那位陶藝師傅為了養成繼承人使出了全力。

樣式/格式 名詞

양식 yang sik

例 다음 양식에 맞게 서류를 작성해서 제출해
주세요.

da eum nyang si ge mat ge seo ryu reul jak seong hae
seo je chul hae ju se yo

文件請作成以下的格式然後交給我。

良心 名詞

양심 yang sim

例 길거리에 쓰레기를 버리는 것은 양심 없는
행동이에요.

gil geo ri e sseu re gi reul beo ri neun geos eun nyang
sim eom neun haeng dong i e yo

在路邊丟垃圾是沒有良心的行為。

約婚/訂婚 動詞

약혼하다 ya kon ha da

例 우리는 약혼한 사이이다.

u ri neun nya kon han sa i i da

我們是已經訂婚的關係。

語塞/生澀/不自然/僵/拘束

어색하다 eo sae ka da

> 例 우리는 만난 지 얼마 안 되서 아직 매우 어색해요.
> u ri neun man nan ji eol ma an doe seo a jik mae u eo sae kae yo
> **我們才交往沒多久所以仍然很生澀。**

旅行 名詞

여행 yeo haeng

> 例 우리 오랜만에 부산으로 1박 2일로 여행 떠나지 않을래?
> u ri o raen man e bu san eu ro il bak i il lo yeo haeng tteo na ji a neul lae
> **我們要不要旅行去許久沒有去的釜山兩天一夜呢？**

女性 名詞

여성 yeo seong

> 例 그 배우는 남성들보다는 여성들에게 인기가 많습니다.
> geu bae u neun nam seong deul bo da neun nyeo seong deu re ge in gi ga man sseum ni da
> **那個演員比較受女性的歡迎。**

熱望/渴望 名詞

열망 yeol mang

> 例 그의 마음은 성공하겠다는 열망으로 가득 차 있었다.
> geu ui ma eum eun seong gong ha get da neun nyeol mang eu ro ga deuk cha i seot da
> **他的內心當中充滿了要成功的渴望。**

● track 040

歷史 名詞

역사 yeok sa

例 자기 나라 역사에 대해서는 반드시 잘 알고 있어야 해요.

ja gi na ra yeok sa e dae hae seo neun ban deu si jal ral go i seo ya hae yo

對自己國家的歷史一定要很了解才行。

聯絡 名詞

연락하다 yeol la ka da

例 라인으로 연락하세요.

ra in eu ro yeol la ka se yo

請用LINE聯絡。

研究所 名詞

연구소 yeon gu so

例 그는 우주과학 연구소에서 일하고 있습니다.

geu neun u ju gwa hak yeon gu so e seo il ha go it seum ni da

他在宇宙科學研究所裡面工作。

戀愛 名詞

연애 yeon ae

例 나는 요즘 연애하는 중이야.

na neun nyo jeum nyeon ae ha neun jung i ya

我最近在戀愛中。

演說 名詞

연설하다 yeon seol ha da

例 대통령은 국민들에게 연설하였다.

dae tong nyeong eun gung min deu re ge yeon seol ha yeot da

總統向國民發表了演說。

演藝人 名詞

연예인 yeon ye in

例 어제 유명한 연예인을 봤어요!

eo je yu myeong han nyeon ye in eul bwa seo yo

昨天我看見有名的演藝人員耶！

熱帶 名詞

열대 yeol dae

例 열대 지방에는 눈이 내리지 않는다고 한다.

yeol dae ji bang e neun nun i nae ri ji an neun da go han da

聽說在熱帶地方不會下雪。

熱烈地 副詞

열렬히 yeol lyeol hi

例 어제 본 뮤지컬이 너무 재미있어서, 뮤지컬 다 끝나고 열렬히 박수를 쳤어요.

eo je bon myu ji keo ri neo mu jae mi i seo seo, myu ji keol da kkeun na go yeol lyeol hi bak su reul chyeo seo yo

昨天我看的音樂劇真的很有趣，音樂劇結束之後大家都熱烈的鼓掌。

● track 041

劣等感/自卑 名詞

열등감 yeol deung gam

例 지연이는 외모에 대한 열등감이 심해요.
ji yeon i neun oe mo e dae han nyeol deung gam i sim
hae yo
智妍對她的外貌感到很自卑。

鑰匙 名詞

열쇠 yeol soe

例 어제 집 열쇠를 잃어버려서 수리공을 불렀어요.
eo je jip byeol soe reul ri reo beo ryeo seo su ri gong
eul bul leo seo yo
昨天我把家裡的鑰匙弄丟了，所以叫了鎖匠來。

努力地 副詞

열심히 yeol sim hi

例 우리 모두 열심히 하자!
u ri mo du yeol sim hi ha ja
我們全體一起努力吧！

熱情 名詞

열정 yeol jeong

例 그 친구는 음악에 대한 열정이 엄청나.
geu chin gu neun eum a ge dae han nyeol jeong i eom
cheong na
這位朋友對音樂有很大的熱情。

列車/火車　名詞

열차(=기차)　yeol cha(gi cha)

例　다음 열차는 몇 분 후에 도착하나요?
da eum nyeol cha neun myeot bun hu e do cha ka na yo
下一班火車是幾分鐘後會到達呢？

念慮/擔心/掛念　動詞

염려하다　yeom nyeo ha da

例　엄마는 아기가 아플까 봐 염려하고 있어요.
eom ma neun a gi ga a peul kka bwa yeom nyeo ha go i seo yo
媽媽在擔心孩子是不是生病了。

染色　動詞

염색하다　yeom sae ka da

例　내일 미용실에 가서 갈색으로 머리를 염색할 거야.
nae il mi yong si re ga seo gal sae geu ro meo ri reul lyeom sae kal geo ya
明天我要去美髮院把頭髮染成褐色。

零下　名詞

영하　yeong ha

例　오늘 서울의 온도는 영하 10도로 매우 춥다.
o neul seo u rui on do neun nyeong ha sip do ro mae u chup da
今天首爾的溫度是零下10度，很冷。

● track 042

靈感 名詞

영감 yeong gam

例 저 그림은 화가가 그의 아이들이 놀이터에서 노는 모습을 보고 영감을 받아 그린 그림이라고 해요.

jeo geu rim eun hwa ga ga geu ui a i deu ri no ri teo e seo no neun mo seu beul bo go yeong gam eul ba da geu rin geu rim i ra go hae yo

這一幅畫是畫家在看到他的孩子在遊樂區玩耍的樣子得到靈感而畫出來的。

榮光/光榮 形容詞

영광스럽다 yeong gwang seu reop da

例 오늘 경기에서 우승하게 되어 정말 영광스럽습니다.

o neul gyeong gi e seo u seung ha ge doe eo jeong mal lyeong gwang seu reop seum ni da

今天的比賽我們獲得優勝真的感到很光榮。

英文學/英國文學 名詞

영문학 yeong mun hak

例 나는 영문학을 전공해서, 셰익스피어 소설에 대해 잘 알고 있다.

na neun nyeong mun ha geul jeon gong hae seo, sye ik seu pi eo so seo re dae hae jal ral go it da

我的主修是英國文學所以對莎士比亞的小說非常了解。

影響　名詞

영향　yeong hyang

例　그는 음악을 전공하신 엄마의 영향을 받아
　　클래식과 재즈 등 음악을 정말 좋아한다.

geu neun eum a geul jeon gong ha sin eom ma ui
yeong hyang eul ba da keul lae sik gwa jae jeu deung
eum a geul jeong mal jo a han da

他受到主修音樂的媽媽的影響,非常喜歡古典樂、爵士樂等等音樂。

領事館　名詞

영사관　yeong sa gwan

例　오늘 영사관에 가서 여권에 문제가 없는지 확인해
　　봐야 해요.

o neul lyeong sa gwan e ga seo yeo gwon e mun je ga
eom neun ji hwa gin hae bwa ya hae yo

我今天必須到領事館去確認看看我的護照有沒有問題。

營業　名詞

영업　yeong eop

例　이 가게의 영업 시간은 아침 9시부터 저녁
　　7시까지입니다.

i ga ge ui yeong eop si gan eun a chim a hop si bu teo
jeo nyeok il gop si kka ji im ni da

這家店的營業時間是從早上9點開始到晚上7點。

● track 043

👑 **永遠的** 形容詞

영원하다 yeong won ha da

例 많은 사람들은 영원한 사랑을 찾고 있습니다.
ma neun sa ram deu reun nyeong won han sa rang eul chat go it seum ni da
很多人在尋找永恆的愛情。

營收證/發票 名詞

영수증 yeong su jeung

例 영수증은 필요 없으니 버려 주세요.
yeong su jeung eun pil lyo eop seu ni beo ryeo ju se yo
我不需要發票請把它丟了。

榮譽 名詞

영예 yeong ye

例 그는 전국 대회에서 1등의 영예를 차지했다.
geu neun jeon guk dae hoe e seo il deung ui yeong ye reul cha ji haet da
他在全國大會當中得到了第一名的榮譽。

👑 **靈魂** 名詞

영혼 yeong hon

例 그분은 아름다운 영혼을 가지고 있습니다.
geu bun eun a reum da un nyeong hon eul ga ji go it seum ni da
那一位擁有美麗的靈魂。

映畫/電影　名詞

영화 yeong hwa

例　영화 보기 전에 팝콘이랑 음료수 사서 들어갈까?
　　yeong hwa bo gi jeon e pap kon i rang eum nyo su sa
　　seo deu reo gal kka
　　看電影之前我們要不要去買爆米花跟飲料再進去呢？

預想/預料　動詞

예상하다 ye sang ha da

例　이 드라마는 결말을 예상할 수 없어요.
　　i deu ra ma neun gyeol ma reul rye sang hal su eop
　　seo yo
　　這部劇令人無法預料到結尾會是什麼。

藝術人　名詞

예술인 ye su rin

例　미술이나 음악 등 예술을 하는 사람들을
　　예술인이라고 불러요.
　　mi su ri na eum ak deung ye su reul ha neun sa ram
　　deu reul rye su rin i ra go bul leo yo
　　從事美術或者音樂等做藝術的人被稱為藝術人。

預約　動詞

예약하다 ye ya ka da

例　예약하고 싶어요.
　　ye ya ka go si peo yo
　　我想要預約。

● track 044

預言 名詞

예언 ye eon

例 세계 종말에 대한 예언을 들어봤어요?

se gye jong ma re dae han ye eon eul deu reo bwa seo yo

你有聽說過世界末日的預言嗎?

例外 名詞

예외 ye oe

例 이 규칙은 예외없이 모두 지켜야 돼요.

i gyu chi geun ye oe eop si mo du ji kyeo ya dwae yo

這個規則沒有人可以例外,大家都要遵守。

禮儀/禮貌 名詞

예의 ye ui

例 어른에게는 예의를 지킵시다.

eo reun e ge neun ye ui reul ji kip si da

對長輩要有禮貌喔。

以前 名詞

예정 ye jeong

例 이 일은 예정에 없던 일이에요.

i i reun ye jeong e eop deon i ri e yo

這件事前所未有。

午前/上午 名詞

오전 o jeon

例 우리가 탈 비행기는 내일 오전 10시 30분에 출발합니다.

u ri ga tal bi haeng gi neun nae il ro jeon yeol si sam sib bun e chul bal ham ni da

我們要搭的飛機是明天上午10點30分出發。

完成 動詞

완성하다 wan seong ha da

例 어제 밤을 새서 보고서를 완성했어요.

eo je bam eul sae seo bo go seo reul rwan seong hae seo yo

昨天晚上我熬夜把報告書完成了。

完全 副詞

완전히 wan jeon hi

例 밤 8시가 되자 하늘이 완전히 어두컴컴해졌습니다.

bam yeo deol si ga doe ja ha neu ri wan jeon hi eo du keom keom hae jyeot seum ni da

一到了八點，天空完全變得黑漆漆了。

王/國王 名詞

왕 wang

例 경복궁은 조선 시대에 왕이 살았던 궁궐입니다.

gyeong bok gung eun jo seon si dae e wang i sa rat deon gung gwo rim ni da

景福宮是朝鮮時代的王居住之宮殿。

87

● track 045

往來 名詞

왕래 wang nae

例 우리 가족은 외갓집과 가까이 살아서 왕래가
잦아요.

u ri ga jok eun oe gat jip gwa ga kka i sa ra seo wang
nae ga ja ja yo

我們家跟外婆家離得很近所以往來頻繁。

王子 名詞

왕자 wang ja

例 나의 백마를 탄 왕자는 어디에 있나요?

na ui baeng ma reul tan wang ja neun eo di e in na yo

我的白馬王子在哪裡？

外國人 名詞

외국인 oe gu gin

例 인사동이나 명동에는 외국인 관광객이 참
많습니다.

in sa dong i na myeong dong e neun oe gu gin gwan
gwang gae gi cham man sseum ni da

仁寺洞跟明洞那邊外國觀光客很多。

外出 動詞

외출하다 oe chul ha da

例 오늘 비가 온다고 하니까 외출할 때 우산을 꼭
챙겨야 돼요!

o neul bi ga on da go ha ni kka oe chul hal ttae u san
eul kkok chaeng gyeo ya dwae yo

今天聽說會下雨，外出的時候一定要帶雨傘喔！

午後/下午 名詞

오후 o hu

例 야구 경기는 오늘 오후 5시에 시작해요.

ya gu gyeong gi neun o neul ro hu da seot si e si ja
kae yo

棒球比賽今天下午五點開始。

玉 名詞

옥 ok

例 우리 할머니는 옥으로 된 반지나 목걸이를
좋아하세요.

u ri hal meo ni neun o geu ro doen ban ji na mok geo
ri reul jo a ha se yo

我的奶奶喜歡用玉做成的鐲子還有項鍊。

要求 動詞

요구하다 yo gu ha da

例 그녀는 내게 무리한 일을 요구했어요.

geu nyeo neun nae ge mu ri han i reul lyo gu hae seo
yo

她對我做出無理的要求。

料金/收費 名詞

요금 yo geum

例 버스 요금이 올해부터 인상되었어요.

beo seu yo geum i ol hae bu teo in sang doe eo seo
yo

搭公車的費用今年開始調漲。

● track 046

料理/煮菜 動詞

요리하다 yo ri ha da

例 오늘 점심은 내가 요리해 줄까?
o neul jeom sim eun nae ga yo ri hae jul kka
今天的午餐要不要我來煮呢？

要望/期待/希望 名詞

요망 yo mang

例 내일 회의에 꼭 참석해 주시기를 요망합니다.
nae il hoe ui e kkok cham seo kae ju si gi reul lyo
mang ham ni da
希望大家明天都可以參與會議。

要請/邀請/請求 動詞

요청하다 yo cheong ha da

例 집에 도둑이 들어서 경찰서에 도움을
요청했습니다.
ji be do du gi deu reo seo gyeong chal seo e do um
eul lyo cheong haet seum ni da
家裡遭小偷所以請警察來幫忙了。

欲心/貪心 名詞

욕심 yok sim

例 너무 욕심부려서 많이 먹으면 배탈이 날 수도
있어요.
neo mu yok sim bu ryeo seo ma ni meo geu myeon
bae ta ri nal su do i seo yo
如果太貪心吃很多，有可能會吃壞肚子。

曜日/禮拜/星期 名詞

요일 yo il

例 너는 무슨 요일에 가장 한가하니?
neo neun mu seun nyo i re ga jang han ga ha ni
你星期幾最有空？

龍 名詞

용 yong

例 용은 중국에서 왕의 상징입니다.
yong eun jung gu ge seo wang ui sang jing im ni da
龍在中國是王的象徵。

勇氣 名詞

용기 yong gi

例 용기를 내서 고백해 봐!
yong gi reul lae seo go bae kae bwa
鼓起勇氣告白看看！

優待 名詞

우대 u dae

例 이 박물관은 대학생 우대 할인을 하고 있어서
대학생이면 저렴하게 입장권을 살 수 있어요.
i bang mul gwan eun dae hak saeng u dae ha rin eul
ha go i seo seo dae hak saeng i myeon jeo ryeom ha
ge ip jang gwon eul sal su i seo yo
**這個博物館對大學生有優待折扣，如果是大學生就可
以買到低價的入場卷。**

● track 047

👑 **雨傘** 名詞

우산 u san

例 비가 오는 날에는 우산을 꼭 챙겨야 해요.
bi ga o neun na re neun u san eul kkok chaeng gyeo
ya hae yo
下雨天的時候一定要帶雨傘。

偶像 名詞

우상 u sang

例 그 인기 가수는 많은 젊은이들의 우상이다.
geu in gi ga su neun ma neun jeol meun i deu rui u
sang i da
那個人氣歌手是很多年輕人的偶像。

優先/首先/姑且 副詞

우선 u seon

例 우선 쉬운 문제부터 해결하도록 합시다.
u seon swi un mun je bu teo hae gyeol ha do ro kap si
da
我們先從簡單的問題開始來解決。

偶然地 副詞

우연히 u yeon hi

例 길을 가다가 초등학교 동창을 우연히 마주쳤다.
gi reul ga da ga cho deung hak gyo dong chang eul ru
yeon hi ma ju chyeot da
走在路上偶然遇到我的國小同學。

牛乳/牛奶 名詞

우유 u yu

例 우유를 많이 마시면 건강에 좋다고 한다.
u yu reul ma ni ma si myeon geon gang e jo ta go han da
聽說多喝牛奶對健康很好。

友誼 名詞

우정 u jeong

例 나와 지영이의 우정은 초등학생 때부터
시작되었어요.
na wa ji yeong i ui u jeong eun cho deung hak saeng ttae bu teo si jak doe eo seo yo
我和智英的友誼是從國小的時候開始的。

郵差夫/郵差 名詞

우체부 u che bu

例 우체부 아저씨는 매일 오후 2시에 편지를
배달하러 오십니다.
u che bu a jeo ssi neun mae il ro hu du si e pyeon ji reul bae dal ha reo o sim ni da
郵差先生每天下午兩點都會送信過來。

運/運氣 名詞

운 un

例 운이 좋아서 복권에 당첨되었어요.
un i jo a seo bok gwon e dang cheom doe eo seo yo
運氣很好所以買彩券中獎了。

● track 048

👑 運動 動詞

운동하다 un dong ha da

例 건강한 삶을 살기 위해서는 규칙적으로 운동하는 것이 좋습니다.

geon gang han sal meul sal gi wi hae seo neun gyu chik jeo geu ro un dong ha neun geon ni jo sseum ni da

為了過健康的生活，做規律的運動很好。

命運 名詞

운명 un myeong

例 우리가 만나게 된 것은 운명이다.

u ri ga man na ge doen geos eun un myeong i da

我們的相遇是命運。

👑 元氣 名詞

원기 won gi

例 홍삼은 원기 회복에 도움을 준다.

hong sam eun won gi hoe bo ge do um eul jun da

紅參對於恢復元氣很有幫助。

圓滿的 形容詞

원만하다 won man ha da

例 그 사람은 성격이 좋아서 인간 관계가 매우 원만합니다.

geu sa ram eun seong gyeo gi jo a seo in gan gwan gye ga mae u won man ham ni da

那個人的個性很好，所以他的人際關係很圓滿。

原來/原先/原本/本來 名詞、副詞

원래 wol lae

例 우리는 원래 오래 전부터 알던 사이였어요.
u ri neun wol lae o rae jeon bu teo al deon sa i yeo
seo yo
我們從很久以前就認識了。

怨望/埋怨/抱怨 動詞

원망하다 won mang ha da

例 남을 원망하지 말아요.
nam eul rwon mang ha ji ma ra yo
不要抱怨別人。

圓熟/圓滑熟練 形容詞

원숙하다 won su ka da

例 저 배우는 원숙한 연기력을 갖고 있다.
jeo bae u neun won su kan nyeon gi ryeo geul gat go
it da
那個演員有熟練的演技。

原則 名詞

원칙 won chik

例 그 사람은 일을 해결함에 있어 자신만의 원칙이
있어요.
geu sa ram eun i reul hae gyeol ham e i seo ja sin man
ui won chi gi i seo yo
那個人在處理事情的時候有自己的一套原則。

● track 049

👑 願/想要 動詞

원하다 won ha da

例 뷔페에서는 자신이 원하는 만큼 음식을 먹을 수
있어요.

bwi pe e seo neun ja sin i won ha neun man keum
eum si geul meo geul su i seo yo

在歐式自助餐裡面可以按照自己想吃多少就可以吃多少。

👑 月 名詞

월 wol

例 나는 2월에 우리 나라로 돌아가야 해요.

na neun i wo re u ri na ra ro do ra ga ya hae yo

我二月的時候要回到我的國家。

👑 月給/薪水 名詞

월급 wol geup

例 오늘은 월급이 들어온 날이니까 저녁은 내가 한
턱 낼게요!

o neu reun wol geu bi deu reo on na ri ni kka jeo nyeo
geun nae ga han teok nael ge yo

今天是領薪水的日子，晚餐我請客！

月貰/房租 名詞

월세 wol se

例 이번 달 내 방 월세가 올라서 다른 집으로
이사가려고 해.

i beon dal lae bang wol se ga ol la seo da reun ji beu
ro i sa ga ryeo go hae

這一個月我的房租會上漲，所以我準備要搬家。

慰勞/安慰 動詞

위로하다 wi ro ha da

例 시험을 못 본 친구의 어깨를 토닥이며 위로해
주었습니다.

si heom eul mot bon chin gu ui eo kkae reul to da gi
myeo wi ro hae ju eot seum ni da

我拍拍考試考不好的朋友肩膀安慰他。

位置 名詞

위치 wi chi

例 그 호텔 위치가 정확히 어디라구요?

geu ho tel rwi chi ga jeong hwak i eo di ra gu yo

那間飯店的正確位置是在哪裡呢?

危險 形容詞

위험하다 wi heom ha da

例 이 기계는 정말 위험해요.

i gi gye neun jeong mal rwi heom hae yo

這個機器真的很危險。

有感/遺憾 名詞

유감 yu gam

例 이런 일이 일어나서 정말 유감이에요.

i reon i ri i reo na seo jeong mal lyu gam i e yo

對於發生此事我深感遺憾。

● track 050

琉璃/玻璃 名詞

유리 yu ri

例 이 병은 유리로 만들어졌어요.
i byeong eun nyu ri ro man deu reo jyeo seo yo
這個瓶子是用玻璃做的。

有望/有希望/有前途 形容詞

유망하다 yu mang ha da

例 저 아이는 장래가 유망한 축구선수예요.
jeo a i neun jang nae ga yu mang han chuk gu seon su
ye yo
那孩子是前途無量的足球選手。

👑 **有名的** 形容詞

유명하다 yu myeong ha da

例 제주도는 외국인들에게 정말 유명한
관광지입니다.
je ju do neun oe gu gin deu re ge jeong mal lyu
myeong han gwan gwang ji im ni da
濟州島對外國人來說是很有名的觀光地。

留意 動詞

유의하다 yu ui ha da

例 유의할 점은 무엇인가요?
yu ui hal jeom eun mu eon nin ga yo
有什麼要留意的事項嗎?

唯一/獨一 形容詞

유일하다 yu il ha da

例 이 친구는 우리 팀에서 유일한 여자야.
i chin gu neun u ri tim e seo yu il han yeo ja ya
這位朋友是我們隊裡唯一的女生。

幼稚園 名詞

유치원 yu chi won

例 어린이들이 유치원에서 동요를 부릅니다.
eo rin i deu ri yu chi won e seo dong yo reul bu reum
ni da
小朋友們在幼稚園裡面唱著童謠。

留學 名詞

유학 yu hak

例 중국어를 배우기 위해 대만으로 유학을 갔어요.
jung gu geo reul bae u gi wi hae dae man eu ro yu ha
geul ga seo yo
為了學習中文，我到台灣留學。

流行 名詞

유행 yu haeng

例 이건 요즘 서울에서 가장 유행하는 헤어
스타일이에요.
i geon nyo jeum seo u re seo ga jang yu haeng ha
neun he eo seu ta i ri e yo
這是最近在首爾最流行的髮型。

● track 051

流行語 名詞

유행어 yu haeng eo

例 요즘 청소년들이 가장 많이 쓰는 유행어가 뭐니?
yo jeum cheong so nyeon deu ri ga jang ma ni sseu
neun nyu haeng eo ga mwo ni
最近年輕人最常用的流行語是什麼?

誘惑/勾引 動詞

유혹하다 yu ho ka da

例 어제 파티에서 그 여자가 나를 유혹했어!
eo je pa ti e seo geu yeo ja ga na reul lyu ho kae seo
昨天舞會的時候那個女人勾引我!

有效 動詞

유효하다 yu hyo ha da

例 이 카드의 혜택은 올해까지만 유효합니다.
i ka deu ui hye tae geun ol hae kka ji man nyu hyo
ham ni da
這張卡的優惠只到今年為止有效。

陸橋 名詞

육교 yuk gyo

例 그 도로에는 횡단보도가 없으니까 육교를 건너서
오도록 하세요.
geu do ro e neun hoeng dan bo do ga eop seu ni kka
yuk gyo reul geon neo seo o do ro ka se yo
那個道路沒有斑馬線,所以請走陸橋過來。

陸軍 名詞

육군 yuk gun

例 내 동생은 육군에, 나는 해군에 입대했다.

nae dong saeng eun nyuk gun e, na neun hae gun e ip dae haet da

我的弟弟是陸軍，我則是入伍到海軍。

六感/第六感 名詞

육감 yuk gam

例 사람들이 웅성거리는 것을 보고, 나는 육감적으로 뭔가 이상한 일이 일어나고 있다는 것을 알아차렸다.

sa ram deu ri ung seong geo ri neun geos eul bo go, na neun nyuk gam jeo geu ro mwon ga i sang han i ri i reo na go it da neun geos eul ra ra cha ryeot da

我看到有一群人鬧哄哄的，我用第六感感覺到有奇怪的事情發生了。

銀河水/銀河 名詞

은하수 eun ha su

例 시골은 공기가 좋아서 밤에 은하수까지 볼 수 있어.

si go reun gong gi ga jo a seo bam e eun ha su kka ji bol su i seo

鄉下的空氣好，所以晚上甚至連銀河都看得到。

● track 052

👑 銀行 名詞

은행 eun haeng

例 은행에 통장을 만들러 가려고 하는데, 무엇이 필요한가요?

eun haeng e tong jang eul man deul leo ga ryeo go ha neun de, mu eon ni pil lyo han ga yo

我想要去銀行開戶，我需要帶什麼東西？

👑 飲料 名詞

음료 eum nyo

例 저는 탄산음료보다는 몸에 좋은 과일 음료를 마시고 싶어요.

jeo neun tan san eum nyo bo da neun mom e jo eun gwa il reum nyo reul ma si go si peo yo

比起碳酸飲料我比較想要喝對身體好的水果飲料。

👑 飲食/料理 名詞

음식 eum sik

例 저는 돈까스나 초밥 같은 일본 음식을 즐겨 먹습니다.

jeo neun don kka seu na cho bap ga teun il bon eum si geul jeul gyeo meok seum ni da

我很喜歡吃豬排飯或者是壽司這一類的日本料理。

🌟 音樂 名詞

음악 eu mak

> 例 저는 혼자 쉬고 싶을 때 차분한 음악을 듣습니다.
> jeo neun hon ja swi go si peul ttae cha bun han eum a
> geul deut seum ni da
> **我一個人想休息的時候會聽聽安靜的音樂。**

🌟 應援/加油 動詞

응원하다 eung won ha da

> 例 우리는 우리 나라 선수들을 열심히 응원했어요.
> u ri neun u ri na ra seon su deu reul lyeol sim hi eung
> won hae seo yo
> **我們努力的為我們國家選手加油。**

義理/義氣/情義 名詞

의리 ui ri

> 例 친구와의 의리를 지키는 것은 정말 중요해요.
> chin gu wa ui ui ri reul ji ki neun geos eun jeong mal
> jung yo hae yo
> **朋友之間真的要講義氣。**

義務 名詞

의무 ui mu

> 例 모든 국민에게는 세금을 내야 하는 의무가
> 있습니다.
> mo deun gung min e ge neun se geum eul lae ya ha
> neun ui mu ga it seum ni da
> **所有的國民都有繳稅的義務。**

● track 053

意思疏通/溝通 名詞

의사소통 ui sa so tong

例 나는 영어를 잘 하지 못해서, 그 외국인과 의사
소통이 조금 힘들었습니다.
na neun nyeong eo reul jal ha ji mo tae seo geu oe gu
gin gwa ui sa so tong i jo geum him deu reot seum ni
da
我的英語不好所以跟那個外國人溝通時有一點點困難。

意識/在意 動詞

의식하다 ui si ka da

例 남의 시선을 너무 의식하는 것은 좋지 않습니다.
nam ui si seon eul leo mu ui si ka neun geos eun jo chi
an sseum ni da
太意識別人的眼光不是很好。

椅子 名詞

의자 ui ja

例 여기 이 의자에 방석을 깔고 앉으세요.
yeo gi i ui ja e bang seo geul kkal go an jeu se yo
請在這這個椅子上鋪上墊子坐下。

疑心/懷疑 動詞

의심하다 ui sim ha da

例 사람을 확실한 근거 없이 의심하면 안 돼요.
sa ram eul hwak sil han geun geo eop si ui sim ha
myeon an dwae yo
在沒有確實的根據之下懷疑別人是不行的。

疑訝/訝異　動詞

의아하다　ui a ha da

例　매일 수업에 출석하던 윤지가 오늘은 결석을 해서 나는 매우 의아했다.

mae il su eo be chul seo ka deon nyun ji ga o neu run gyeol seo geul hae seo na neun mae u ui a haet da

每天上課都有出席的允智今天缺席了，我很訝異。

依支/依靠　動詞

의지하다　ui ji ha da

例　저는 힘든 일이 있을 때 그분에게 고민을 털어놓고 의지합니다.

jeo neun him deun i ri i seul ttae keu pun e ge go min eul teo reo no ko ui ji ham ni da

我辛苦的時候會告訴他我煩惱的事情，並依靠他。

離別　名詞

이별　i byeol

例　이것은 이별이 아니다.

i geos eun i byeo ri a ni da

這不是離別。

以來　名詞

이래　i rae

例　나는 대학교에 입학한 이래, 한 번도 연애한 적이 없어요.

na neun dae hak gyo e i pa kan i rae han beon do yeon ae han jeo gi eop seo yo

自從我進大學以來一次都沒有談過戀愛。

● track 054

奇怪 形容詞

이상하다 i sang ha da

例 오늘따라 네 목소리가 조금 이상한데, 어디
아프니?

o neul tta ra ne mok so ri ga jo geum i sang han de,
eo di a peu ni

今天你的聲音有一點奇怪,哪裡不舒服嗎?

利用/使用/採用 動詞

이용하다 i yong ha da

例 이 음식은 신선한 채소와 해산물을 이용해서
만들었습니다.

i eum si geun sin seon han chae so wa hae san mu reul
ri yong hae seo man deu reot seum ni da

這道料理是採用新鮮的蔬菜和海鮮做出來的。

理解/體諒 動詞

이해하다 i hae ha da

例 그 친구는 사람들의 실수를 너그럽게 이해해 주는
좋은 사람입니다.

geu chin gu neun sa ram deu rui sil su reul leo geu
reop ge i hae hae ju neun jo eun sa ram im ni da

那位朋友是可以寬容地體諒別人失誤的好人。

人事(和中文意思不同)/對人作的事/打招呼/寒暄/問候/請安/互相認識 名詞

인사 in sa

例 나는 친구들에게 반갑게 인사를 했어요.

na neun chin gu deu re ge ban gap ge in sa reul hae seo yo

我對朋友們開心的打招呼。

人情/人情味；認定 名詞

인정 in jeong

例 시골 마을 사람들은 인정이 넘치고 따뜻합니다.

si gol ma eul sa ram deu reun in jeong i neom chi go tta tteu tam ni da

鄉下村子裡的人們很有人情味很溫暖。

例 그는 여러 사람들에게 능력을 인정받았어요.

geu neun nyeo reo sa ram deu re ge neung nyeo geul rin jeong ba da seo yo

他的能力得到了許多人的認定。

人格 名詞

인격 in gyeok

例 사람이 쓰는 말투에서 그 사람의 인격을 알 수 있습니다.

sa ram i sseu neun mal tu e seo geu sa ram ui in gyeo geul ral su it seum ni da

聽到那個人說話的語氣就可以知道那個人的人格。

● track 055

👑 日記 名詞

일기 il gi

例 나는 그날그날 겪은 일이나 감정을 일기로 쓰는
습관이 있다.

na neun geu nal geu nal gyeo kkeun i ri na gam jeong
eul ril gi ro sseu neun seup gwan i it da

我有習慣將每天每天經歷的事情以及心情寫成日記。

日語 名詞

일어 i reo

例 저는 일본 드라마를 보면서 혼자 일어를
공부했어요.

jeo neun il bon deu ra ma reul bo myeon seo hon ja i
reo reul gong bu hae seo yo

我看日劇自學日語。

👑 愛嬌/撒嬌 名詞

애교 ae gyo

例 나는 그에게 애교를 부렸어요.

na neun geu e ge ae gyo reul bu ryeo seo yo

我對他撒嬌。

例 名詞

예 ye

例 예를 들어 설명해 주시겠어요?

ye reul deu reo seol myeong hae ju si ge seo yo

要不要舉例說明給你聽呢？

預金/作預備金/存款 動詞

예금하다 ye geum ha da

例 나는 월급의 반 정도를 항상 예금해요.
na neun wol geu bui ban jeong do reul hang sang ye geum hae yo
我薪水大約一半都會存起來。

例文/例句 名詞

예문 ye mun

例 이 단어에 대한 예문을 한 번 만들어 볼까요?
i dan eo e dae han ye mun eul han beon man deu reo bol kka yo
可以請你用這個單字造句子看看嗎?

例事一般/例行常事/稀鬆平常 形容詞

예사롭다 ye sa rop da

例 그 집안에서 명문대에 입학하는 것은 예사로운 일이에요.
geu ji ban e seo myeong mun dae e i pa ka neun geos eun ye sa ro un i ri e yo
那個家庭把進入名門大學當做是稀鬆平常的事情。

♛ 資格證/證照 名詞

자격증 ja gyeok jeung

例 저는 요즘 한국어 자격증 공부를 하느라 바빠요.
jeo neun nyo jeum han gu geo ja gyeok jeung gong bu reul ha neu ra ba ppa yo
我最近為了取得韓語資格證非常忙碌的念書。

● track 056

自轉車/自行車/腳踏車 名詞

자전거 ja jeon geo

例 저는 학교에 갈 때 자전거를 타고 가요.
jeo neun hak gyo e gal ttae ja jeon geo reul ta go ga
yo
我是騎腳踏車去上學的。

👑 自動車/汽車 名詞

자동차 ja dong cha

例 저는 자동차 운전 면허증이 없어요.
jeo neun ja dong cha un jeon myeon heo jeung eop
seo yo
我沒有汽車駕駛執照。

子女/兒女 名詞

자녀 ja nyeo

例 자녀가 몇 명이십니까?
ja nyeo ga myeot myeong i sim ni kka
您有幾名兒女？

仔細 形容詞

자세하다 ja se ha da

例 이 단어의 뜻을 좀 더 자세하게 설명해
주시겠어요?
i dan eo ui tteus eul jom deo ja se ha ge seol myeong
hae ju si ge seo yo
可以請你更仔細說明這個單字的意思嗎？

作品 名詞

작품 jak pum

例 이 미술관에는 유명한 화가의 작품 300여 점이
전시되어 있어요.

i mi sul gwan e neun nyu myeong han hwa ga ui jak
pum sam baek yeo jeom i jeon si doe eo i seo yo

這個美術館展示著有名的畫家作品大約300件。

暫間/暫且/一會兒 名詞

잠깐 jam kkan

例 잠깐만 기다려 주세요.

jam kkan man gi da ryeo ju se yo

請等我一下就好。

例 잠깐 내 가방 좀 들어 줄래?

jam kkan nae ga bang jom deu reo jul lae

你可以幫我拿一下包包嗎?

暫時/片刻 名詞、副詞

잠시 jam si

例 나 잠시 화장실 좀 다녀올게.

na jam si hwa jang sil jom da nyeo ol ge

我去一下化妝室馬上回來。

● track 057

雜誌 名詞

잡지 jap ji

例 나는 패션에 관심이 많아서 패션 잡지를 즐겨
본다.

na neun pae syeon e gwan sim i ma na seo pae syeon
jap ji reul jeul gyeo bon da

我對流行很關心所以很喜歡看時尚雜誌。

滋味/趣味 名詞

재미 jae mi

例 이 책 정말 재미있으니까 꼭 읽어 보세요!

i chaek jeong mal jae mi i seu ni kka kkok gil geo bo
se yo

這本書真的很有趣你一定要看！

貯金/存錢/存款 名詞

저금 jeo geum

例 나는 월급의 일정 금액을 저금하고는 한다.

na neun wol geu bui il jeong geum ae geul jeo geum
ha go neun han da

我把薪水當中固定的一個金額存下來。

貯蓄 動詞

저축하다 jeo chu ka da

例 용돈을 받으면 조금씩 저축해서 비상금을 만드는 습관을 기르도록 해야 합니다.

yong don eul ba deu myeon jo geum ssik jeo chu kae seo bi sang geum eul man deu neun seup gwan eul gi reu do ro kae ya ham ni da

拿到零用錢的話，應該要存下一些，當作救急用金，要養成這樣的習慣。

展望台/瞭望臺/觀景臺 名詞

전망대 jeon mang dae

例 이 건물 꼭대기의 전망대에서 멋진 야경을 볼 수 있어요.

i geon mul kkok dae gi ui jeon mang dae e seo meot jin nya gyeong eul bol su i seo yo

這個建築物頂樓的瞭望台可以看到非常美麗的夜景。

♛ 傳/傳遞消息/轉交 動詞

전하다 jeon ha da

例 이 택배 좀 명애께 전해 줄 수 있겠어요?

i taek bae jom myeong ae kke jeon hae jul su it ge seo yo

可以請你將這個包裹轉交給明愛嗎？

● track 058

👑 左右間/反正/好歹/無論如何　副詞

좌우간　jwa u gan

> 例　새로 산 핸드폰을 벌써 잃어버려서 어떡해!
> 좌우간 앞으로는 잘 간수해야 해!
>
> sae ro san haen deu pon eul beol sseo i reo beo ryeo
> seo eo tteo kae jwa u gan a peu ro neun jal gan su hae
> ya hae
>
> **新買的手機馬上就不見了怎麼辦？無論如何以後一定
> 要好好的保管！**

主管/主持/主掌；主觀　名詞

주관　ju gwan

> 例　이번 영화제는 대한민국 정부의 주관으로
> 개최되었습니다.
>
> i beon nyeong hwa je neun dae han min guk jeong bu
> ui ju gwan eu ro gae choe doe eot seum ni da
> **這次的電影節是由大韓民國政府來主辦的。**

- -

> 例　그 사람은 자기만의 주관이 아주 뚜렷해서 남의
> 말에 절대 흔들리지 않아요.
>
> geu sa ram eun ja gi man ui ju gwan i a ju ttu ryeo tae
> seo nam ui ma re jeol dae heun deul li ji a na yo
> **那個人自己的主觀非常的強烈，絕對不會因為別人說
> 的話而動搖。**

👑 週末　名詞

주말　ju mal

> 例　이번 주말에 무엇을 할 계획이세요?
>
> i beon ju ma re mu eos eul hal gye hoe gi se yo
> **這個週末你有什麼計劃？**

主管/主持/主掌 動詞

주관하다 ju gwan ha da

例 이번 대회는 애플기업에서 주관하는 대학생을
대상으로 한 발표 대회입니다.
i beon dae hoe neun ae peul gi eo be seo ju gwan ha
neun dae hak saeng eul dae sang eu ro han bal pyo
dae hoe im ni da
這次大會是由蘋果公司主辦，以大學生為對象的發表
會。

主張/認為/堅持 動詞

주장하다 ju jang ha da

例 자기 의견을 당당히 주장하는 태도가 필요합니다.
ja gi ui gyeon eul dang dang hi ju jang ha neun tae do
ga pil lyo ham ni da
應該要擁有能夠堂堂正正地說出自己意見的態度。

注文/預約/訂貨/點單 動詞

주문하다 ju mun ha da

例 어떤 음식을 주문할 건가요?
eo tteon eum si geul ju mun hal geon ga yo
我們要點什麼菜呢？

注視 動詞

주시하다 ju si ha da

例 그가 나를 주시하는 눈빛이 부드러워요.
geu ga na reul ju si ha neun nun bi chi bu deu reo wo
yo
他注視著我的眼神很溫柔。

● track 059

👑 注油所/加油站 名詞

주유소 ju yu so

例 차의 기름이 다 떨어져서 주유소에 가야겠어요.

cha ui gi reum i da tteo reo jyeo seo ju yu so e ga ya
ge seo yo

車子的油快沒有了得要去加油站了。

👑 主人公/主人翁/主角 名詞

주인공 ju in gong

例 저 영화의 주인공은 정말 용감한 것 같아.

jeo yeong hwa ui ju in gong eun jeong mal lyong gam
han geot ga ta

那部電影的男主角真的好像很勇敢。

準備 動詞

준비하다 jun bi ha da

例 엄마는 6시가 되면 저녁 식사를 준비하느라
바쁘십니다.

eom ma neun yeo seot si ga doe myeon jeo nyeok sik
sa reul jun bi ha neu ra ba ppeu sim ni da

媽媽到了六點就會開始準備晚餐非常忙碌。

👑 中國語/中文 名詞

중국어 jung gu geo

例 중국어를 배우는 사람들이 점점 늘어나고 있어요.

jung gu geo reul bae u neun sa ram deu ri jeom jeom
neu reo na go i seo yo

學中文的人越來越多。

中心 名詞

중심 jung sim

例 우리 엄마가 운영하시는 식당은 시내의 중심에
위치하고 있습니다.

u ri eom ma ga un nyeong ha si neun sik dang eun si
nae ui jung sim e wi chi ha go it seum ni da

我媽媽經營的餐廳在市區的中心。

中學/國中 名詞

중학교 jung hak gyo

例 중학교는 초등학교를 졸업하고 가는 학교를
말합니다.

jung hak gyo neun cho deung hak gyo reul jo reo pa
go ga neun hak gyo reul mal ham ni da

中學是指從國小畢業之後要去的學校。

地球 名詞

지구 ji gu

例 우리가 사는 지구에는 셀 수 없이 많은 나라들이
있습니다.

u ri ga sa neun ji gu e neun sel su eop si ma neun na
ra deu ri it seum ni da

我們所生活的地球上有數不清的人。

支給/發薪 動詞

지급하다 ji geup ha da

例 우리 사장님은 월급날 즉각 월급을 지급하십니다.
u ri sa jang nim eun wol geum nal jeuk gak gwol geu
beul ji geu pa sim ni da
我們的老闆在發薪日的時候馬上就會發薪。

地圖 名詞

지도 ji do

例 여기는 처음 와 보는 곳이라서 지도를 보고 길을
찾아야겠어요.
yeo gi neun cheo eum wa bo neun gos i ra seo ji do
reul bo go gi reul cha ja ya ge seo yo
我是第一次來到這個地方所以必須要看地圖來找路。

地下鐵/捷運 名詞

지하철 ji ha cheol

例 지하철을 탈 때는 줄을 서서 기다려야 합니다.
ji ha cheo reul tal ttae neun ju reul seo seo gi da ryeo
ya ham ni da
搭捷運的時候要排隊等待。

持續 動詞

지속하다 ji so ka da

例 당분간 무덥고 습한 날씨가 지속될 것으로
예상됩니다.
dang bun gan mu deop go seu pan nal ssi ga ji sok
doel geos eu ro ye sang doem ni da
目前預估又濕又熱的天氣將會持續下去。

直感/直覺 名詞

직감 jik gam

例 나는 저 사람이 나를 좋아하고 있다는 것을
직감으로 알아차렸어요.

na neun jeo sa ram i na reul jo a ha go it da neun geos
eul jik gam eu ro a ra cha ryeo seo yo

我用直覺就可以發現那個人在喜歡我。

職業 名詞

직업 ji geop

例 저 사람의 직업은 화가입니다.

jeo sa ram ui ji geo beun hwa ga im ni da

那個人的職業是畫家。

真正/真情；鎮靜 形容詞

진정하다 jin jeong ha da

例 즐거울 때나 힘들 때나 항상 곁에 있어주는 것이
진정한 친구입니다.

jeul geo ul ttae na him deul ttae na hang sang gyeo te
i seo ju neun geon ni jin jeong han chin gu im ni da

**在高興的時候辛苦的時候總是在你身邊的人才是真正
的朋友。**

例 잠시 진정하시고 제 말을 좀 들어 보세요.

jam si jin jeong ha si go je ma reul jom deu reo bo se
yo

請冷靜下來聽我説。

● track 061

真實/真誠 形容詞

진실하다 jin sil ha da

例 나는 진실하고 숨김이 없는 사람과 친하게 지내고
싶어요.

na neun jin sil ha go sum gim i eom neun sa ram gwa
chin ha ge ji nae go si peo yo

我想要跟真誠沒有虛假的人成為好朋友。

忌妒 名詞

질투 jil tu

例 나를 질투하지 마.

na reul jil tu ha ji ma

別忌妒我。

嘖嘖 副詞

쯧쯧 jjeut jjeut

例 엄마는 하루 종일 잠만 자는 오빠를 보며 혀를
쯧쯧 차셨다.

eom ma neun ha ru jong il jam man ja neun o ppa reul
bo myeo hyeo reul jjeut jjeut cha syeot da

**媽媽看見整天一直睡覺的哥哥，用舌頭發出嘖嘖的聲
音。**

次例/順序 名詞

차례 cha rye

例 차례대로 줄을 서서 들어오세요.

cha rye dae ro ju reul seo seo deu reo o se yo

請按照順序排好隊進來。

車/茶 名詞

차 cha

例 거리가 조금 머니까 차를 타고 가자.
geo ri ga jo geum meo ni kka cha reul ta go ga ja
因為距離有點遠的關係我們搭車去吧。

例 저는 물보다 차를 마시는 것이 더 좋아요.
jeo neun mul bo da cha reul ma si neun geon ni deo jo a yo
比起水我更喜歡喝茶。

車票 名詞

차표 cha pyo

例 옛날에는 차표를 직접 사서 사용했지만, 요즘은 차표를 사용하지 않고 교통카드를 쓰는 경우가 훨씬 많습니다.
yen na re neun cha pyo reul jik jeop sa seo sa yong haet ji man, yo jeum eun cha pyo reul sa yong ha ji an ko gyo tong ka deu reul sseu neun gyeong u ga hwol ssin man sseum ni da
以前都要直接買車票來使用，最近不常用車票反而比較常用交通卡。

差異 名詞

차이 cha i

例 우리 오빠와 나는 나이 차이가 많이 납니다.
u ri o ppa wa na neun na i cha i ga ma ni nam ni da
我哥哥跟我的年紀差很多。

● track 062

錯覺 動詞

착각하다 chak ga ka da

例 약속 장소를 착각해서 엉뚱한 역에 내렸어요.
yak sok jang so reul chak ga kae seo eong ttung han
nyeo ge nae ryeo seo yo
我想錯約定的場所，結果在完全不同的站下車了。

贊同/贊成 動詞

찬동하다 chan dong ha da

例 나는 그의 의견에 찬동하는 뜻으로 박수를 크게
쳤습니다.
na neun geu ui ui gyeon e chan dong ha neun tteus eu
ro bak su reul keu ge chyeot seum ni da
我贊成他的意見所以用力的拍手。

讚揚/稱頌 動詞

찬양하다 chan nyang ha da

例 한글을 만드신 세종 대왕의 업적은 정말 찬양할
만한 일입니다.
han geu reul man deu sin se jong dae wang ui eop jeo
geun jeong mal chan nyang hal man han i rim ni da
世宗大王造出韓文字這樣的成就真的很值得稱頌。

燦爛 形容詞

찬란하다 chal lan ha da

例 태양이 찬란하게 빛나고 있습니다.
tae yang i chal lan ha ge bin na go it seum ni da
太陽正燦爛的發光。

讚美 動詞

찬미하다 chan mi ha da

例 그 학자는 대자연의 아름다움을 찬미합니다
geu hak ja neun dae ja yeon ui a reum da um eul chan mi ham ni da
那位學者讚美大自然的美麗。

參考 動詞

참고하다 cham go ha da

例 모르는 말이 있으면 사전을 참고하도록 하세요.
mo reu neun ma ri i seu myeon sa jeon eul cham go ha do ro ka se yo
如果有不懂的話請參考字典。

參席/參與 動詞

참석하다 cham seo ka da

例 다음 주 모임에 참석하실 생각이 있으신가요?
da eum ju mo im e cham seo ka sil saeng ga gi i seu sin ga yo
下週的開會你有意願要參與嗎？

窗口 名詞

창구 chang gu

例 핸드폰 액정에 문제가 있으시다면 3번 창구로 가 주세요.
haen deu pon aek jeong e mun je ga i seu si da myeon sam beon chang gu ro ga ju se yo
手機螢幕的問題請到3號窗口。

👑 創造 動詞

창조하다 chang jo ha da

例 무에서 유를 창조하기란 매우 어렵습니다.
mu e seo yu reul chang jo ha gi ran mae u eo ryeop
seum ni da
要從無當中創造出有非常的困難。

創意 名詞

창의 chang ui

例 그 아이가 그린 그림에서는 어른들은 상상하지
못할 놀랄 만한 창의를 엿볼 수 있었다.
geu a i ga geu rin geu rim e seo neun eo reun deu
reun sang sang ha ji mo tal lol lal man han chang ui
reul lyeot bol su i seot da
**那個孩子的畫裡面可以看得見大人想像不到、令人驚
訝的創意。**

採用/錄用/任用 動詞

채용 chae yong

例 오늘 이빌딩에서 ABC그룹의 신입사원 공개 채용
설명회가 열린다고 합니다.
o neul i bil ding e seo ABCgeu ru bui sin ip sa won
gong gae chae yong seol myeong hoe ga yeol lin da
go ham ni da
**今天在這棟大樓有ABC集團的新進員工公開召募說明
會。**

👑 **書** 名詞

책 chaek

例 책을 많이 읽을수록 상식이 많아진다.
chae geul ma ni il geul su rok sang si gi ma na jin da
書讀得越多常識就會變多。

責望/責怪 動詞

책망하다 chaeng mang ha da

例 친구들은 내가 지각을 한 탓에 버스를 놓쳤다고
나를 책망했어요.
chin gu deu reun nae ga ji ga geul han tas e beo seu
reul lo chyeot da go na reul chaeng mang hae seo yo
朋友們責怪說因為我遲到，害大家都錯過巴士。

責任感 名詞

책임감 chae gim gam

例 자기가 맡은 일에 대한 책임감을 가지고 있어야
합니다.
ja gi ga ma teun i re dae han chae gim gam eul ga ji
go i seo ya ham ni da
應該要對自己被交付的事情有責任感才行。

負責任 動詞

책임지다 chae gim ji da

例 나는 동생에게 수학 공부를 책임지고 가르치기로
했습니다.
na neun dong saeng e ge su hak gong bu reul chae
gim ji go ga reu chi gi ro haet seum ni da
我來負責弟弟(妹妹)的數學功課，我會教他。

● track 064

冊子 名詞
책자 chaek ja

例 미술관에 가면 작품에 대한 설명이 된 책자들이
있어요.

mi sul gwan e ga myeon jak pum e dae han seol
myeong i doen chaek ja deu ri i seo yo

去美術館的話那邊會有關於作品的說明冊子。

👑 天使 名詞
천사 cheon sa

例 그는 천사처럼 항상 남을 도와줘요.

geu neun cheon sa cheo reom hang sang nam eul do
wa jwo yo

他像天使一樣總是給予人幫助。

天上 名詞
천상 cheon sang

例 그녀는 천상의 목소리를 가졌어요.

geu neo neun cheon sang ui mok so ri reul ga jyeo seo
yo

她擁有如天上一般美妙的聲音。

天性/生性 名詞
천성 cheon seong

例 그 아이는 천성이 착해서 남에게 싫은 소리를 못
하는 성격이야.

geu a i neun cheon seong i cha kae seo nam e ge si
reun so ri reul mot ta neun seong gyeo gi ya

那個孩子天性善良，沒有辦法拒絕別人。

👑 天然/自然 名詞

천연 cheon nyeon

例 이 가방은 천연 소가죽으로 만들어져서 가격이 좀 비싸요.

i ga bang eun cheon nyeon so ga ju geu ro man deu reo jyeo seo ga gyeo gi jom bi ssa yo

那個包包是用天然牛皮製成的所以有點貴。

👑 天職/職業/使命/(對特定職業的)稟性/傾向/才能

천직 cheon jik

例 우리 언니는 어릴 때부터 누군가에게 무엇을 가르치기를 좋아해서 선생님을 천직으로 여기고 있습니다.

u ri eon ni neun eo ril ttae bu teo nu gun ga e ge mu eos eul ga reu chi gi reul jo a hae seo seon saeng nim eul cheon ji geu ro yeo gi go it seum ni da

我的姐姐從小就很喜歡教導別人東西，所以她把老師當成她的天職。

天真浪漫 形容詞

천진난만하다 cheon jin nan man ha da

例 아이들이 천진난만한 미소를 지으면서 즐겁게 놀고 있다.

a i deu ri cheon jin nan man han mi so reul ji eu myeon seo jeul geop ge nol go it da

孩子們帶著天真浪漫的笑容高興地玩耍著。

• track 065

徹夜/整夜/熬夜 名詞

철야 cheol lya

例 오늘은 일이 너무 많아서 철야 작업을 해야 해.
o neu reun i ri neo mu ma na seo cheol lya ja geo beul hae ya hae
今天的事情太多必須徹夜工作。

初雪 名詞

첫눈 cheon nun

例 사랑하는 연인이 첫눈을 함께 맞으면 영원한 사랑을 이룰 수 있대요.
sa rang ha neun nyeon in i cheon nun eul ham kke ma jeu myeon nyeong won han sa rang eul ri rul su it dae yo
聽說相愛的戀人一起迎接到初雪，表示可以達成永遠的愛情。

初戀 名詞

첫사랑 cheot sa rang

例 언제 첫사랑을 해 봤어요?
eon je cheot sa rang eul hae bwa seo yo
你的初戀是什麼時候？

初印象/第一印象 名詞

첫인상 cheon nin sang

例 네 첫인상은 둥글둥글하고 선해서 모두 너와
친해지고 싶어해.

ne cheon nin sang eun dung geul dung geul ha go
seon hae seo mo du neo wa chin hae ji go si peo hae

**我對你的第一印象就是圓圓的，很善良，大家都想跟
你親近。**

請婚/求婚 動詞

청혼하다 cheong hon ha da

例 그는 저에게 반지를 주면서 청혼했어요.

geu neun jeo e ge ban ji reul ju myeon seo cheong
hon hae seo yo

他送我戒指並向我求婚。

體驗 動詞

체험하다 che heom ha da

例 저는 대만에 여행을 가서 대만의 문화와 풍습을
몸소 체험했습니다.

jeo neun dae man e yeo haeng eul ga seo dae man ui
mun hwa wa pung seup eul mom so che heom haet
seum ni da

我到台灣旅行，親自體驗了台灣的文化與風俗。

● track 066

超人 名詞

초인 cho in

例 그는 일주일이나 밤을 샜음에도 불구하고
체육대회에까지 참가하는 초인적인 힘을
보여주었습니다.

geu neun il ju i ri na bam eul sae seum e do bul gu ha
go che yuk dae hoe e kka ji cham ga ha neun cho in
jeo gin him eul bo yeo ju eot seum ni da

**他在一個禮拜當中都熬夜,不只這樣還參加了體育大
會,展現出超人的力量。**

招待 動詞

초대하다 cho dae ha da

例 우리를 초대해 주셔서 감사합니다!

u ri reul cho dae hae ju syeo seo gam sa ham ni da

謝謝你招待我們!

最近 名詞

최근 choe geun

例 최근 들어 날씨가 많이 추워졌으니 건강에
유의하세요.

choe geun deu reo nal ssi ga ma ni chu wo jyeo seu ni
geon gang e yu ui ha se yo

最近天氣會變得更冷請留意健康。

最強 名詞

최강 choe gang

例 우리는 국내 최강의 팀을 이기고 전국 대회에서 승리를 거두었습니다.

u ri neun gung nae choe gang ui tim eul ri gi go jeon guk dae hoe e seo seung ni reul geo du eot seum ni da

我們勝過國內最強的隊伍，在全國大會裡面獲得了勝利。

⭐最善/至善/最佳 名詞

최선 choe seon

例 힘들겠지만 최선을 다하면 반드시 좋은 결과가 있을 거예요.

him deul get ji man choe seon eul da ha myeon ban deu si jo eun gyeol gwa ga i seul geo ye yo

雖然很辛苦但是盡力做到最好，一定會得到很好的結果。

最下/最低/起碼 名詞

최하 choe ha

例 이 가게는 우리 동네에서 핸드폰을 최하 가격에 파는 곳입니다.

i ga ge neun u ri dong ne e seo haen deu pon eul choe ha ga gyeo ge pa neun gos im ni da

這個店家是我們這村子裡賣手機價格最低的地方。

● track 067

👑 最高/最好/最棒　名詞

최고 choe go

例 이 요리는 내가 지금까지 먹어본 것들 중 최고야!
i yo ri neun nae ga ji geum kka ji meo geo bon geot
deul jung choe go ya
這道料理是我目前為止吃過最棒的！

最大/最大值　名詞

최대 choe dae

例 오늘 이 브랜드 세일하는 날이라서 최대
50퍼센트까지 할인해 준대!
o neul ri beu raen deu se il ha neun na ri ra seo choe
dae o sip peo sen teu kka ji ha rin hae jun dae
今天是這個品牌有折扣的日子最低可以打到五折。

👑 推薦　動詞

추천하다 chu cheon ha da

例 이 책은 아이들에게 꼭 추천하고 싶은 책이에요.
i chae geun a i deu re ge kkok chu cheon ha go si
peun chae gi e yo
這本書我非常想要推薦給孩子們。

追憶/回憶　名詞

추억 chu eok

例 우리 가족들은 여행을 많이 다녔어서 추억이 참
많아요.
u ri ga jok deu reun nyeo haeng eul ma ni da nyeo seo
seo chu eo gi cham ma na yo
我們家庭時常去旅行所以有很多的回憶。

祝福/祝賀 動詞

축복하다 chuk bok ha da

例 친척들과 친구들은 두 사람의 결혼을 축복했어요.
chin cheok deul gwa chin gu deu reun du sa ram ui
gyeol hon eul chuk bo kae seo yo
親屬和朋友都祝福結婚的新人。

出勤/上班 動詞

출근하다 chul geun ha da

例 저는 매일 아침 7시까지 회사에 출근합니다.
jeo neun mae il ra chim il gop si kka ji hoe sa e chul
geun ham ni da
我每天早上七點前要到公司上班。

出發 動詞

출발하다 chul bal ha da

例 우리는 서울역에서 12시에 만나 출발하기로
했어요.
u ri neun seo ul lyeo ge seo yeol du si e man na chul
bal ha gi ro hae seo yo
我們12點在首爾站見面然後出發。

出演/演出 動詞

출연하다 chul lyeon ha da

例 어제 한 TV 프로그램에 내가 아는 친구가
출연했어!
eo je han TV peu ro geu raem e nae ga a neun chin gu
ga chul lyeon hae seo
昨天在某個電視節目裡有我認識的朋友在裡面演出！

● track 068

忠誠 名詞

충성 chung seong

例 나는 우리 나라에 충성을 다하는 멋진 군인이 될
거야.

na neun u ri na ra e chung seong eul da ha neun meot
jin gun in i doel geo ya

我要成為對我的國家盡忠誠的帥氣軍人。

取級/當作/擺佈 動詞

취급 chwi geup

例 우리 누나는 내가 자기보다 어리다고 어린애
취급을 해.

u ri nu na neun nae ga ja gi bo da eo ri da go eo rin
ae chwi geu beul hae

我姐姐想說我年紀比她小就把我當作小孩子。

趣味/興趣 名詞

취미 chwi mi

例 내 취미는 영화 감상과 음악 듣기야.

nae chwi mi neun nyeong hwa gam sang gwa eum ak
deut gi ya

我的興趣是看電影還有欣賞音樂。

醉;取/拿 動詞

취하다 chwi ha da

例 어제는 술을 너무 많이 마셔서 취하고 말았어.

eo je neun su reul leo mu ma ni ma syeo seo chwi ha
go ma ra seo

昨天我酒喝太多了現在還在醉。

🏅 親舊/朋友　名詞

친구　chin gu

例 힘들 때 곁에 있어 주는 친구가 정말 좋은
친구입니다.

him deul ttae gyeo te i seo ju neun chin gu ga jeong
mal jo eun chin gu im ni da

辛苦的時候待在自己身邊的朋友真的是好朋友。

🏅 親/親近　形容詞

친하다　chin ha da

例 유진이랑 나는 정말 친해서 매주 만나서 같이
놀아.

yu jin i rang na neun jeong mal chin hae seo mae ju
man na seo ga chi no ra

**尤珍跟我真的是很親近的朋友，每個禮拜我們都一起
去玩。**

親地/親自地　副詞

친히　chin hi

例 임금님께서는 전쟁에 나가는 군인들을 친히
배웅하셨습니다.

im geum nim kke seo neun jeon jaeng e na ga neun
gun in deu reul chin hi bae ung ha syeot seum ni da

君王親自為參戰的軍兵送行。

● track 069

👑 **湯** 名詞

탕 tang

例 날이 추우니까 따뜻한 탕을 먹고 싶어요.
na ri chu u ni kka tta tteu tan tang eul meok go si peo
yo
天氣很冷所以我想要喝熱湯。

通/相通/相投 動詞

통하다 tong ha da

例 이 길은 부산으로 가는 고속도로와 통해요.
i gi reun bu san eu ro ga neun go sok do ro wa tong
hae yo
這條路跟去釜山的高速公路相通。

- -

例 우리는 말이 잘 통하는 사이예요.
u ri neun ma ri jal tong ha neun sa i ye yo
我們說話很投機。

投資 動詞

투자하다 tu ja ha da

例 자기 자신을 발전시키는 데에 시간을 투자하는
것은 매우 중요합니다.
ja gi ja sin eul bal jeon si ki neun de e si gan eul tu ja
ha neun geos eun mae u jung yo ham ni da
為了讓自己有所發展，投資時間是非常重要的。

特別 形容詞

특별하다 teuk byeol ha da

例 복권에 당첨된 일은 특별한 경험이에요.
bok gwon e dang cheom doen i reun teuk byeol han
gyeong heom i e yo
彩卷中獎對我而言是很特別的經歷。

波濤 名詞

파도 pa do

例 오늘은 파도가 꽤 높게 치니까 배를 타는 것은
위험해요.
o neu reun pa do ga kkwae nop ge chi ni kka bae reul
ta neun geos eun wi heom hae yo
今天的浪非常的高所以搭船很危險。

把握/掌握 動詞

파악하다 pa ak ha da

例 질문의 의도를 파악해서 대답해야 해요.
jil mun ui ui do reul pa a kae seo dae da pae ya hae yo
應該要掌握好問題的意思再來回答。

判斷 動詞

판단하다 pan dan ha da

例 함부로 판단하면 안 돼요.
ham bu ro pan dan ha myeon an dwae yo
隨便判斷是不行的。

137

• track 070

販賣 動詞

판매하다 pan mae ha da

例 이 가게에서 판매하는 생선들은 정말 싱싱하다.
i ga ge e seo pan mae ha neun saeng seon deu reun jeong mal sing sing ha da
這家店裡賣的魚非常的新鮮。

八字/命/運氣 名詞

팔자 pal ja

例 저 친구는 집이 부자라서 팔자가 참 좋아.
jeo chin gu neun ji bi bu ja ra seo pal ja ga cham jo a
那位朋友的家很有錢，他命真好。

便/方便/舒服

편하다 pyeon ha da

例 고향에 가면 마음이 정말 편하다.
go hyang e ga myeon ma eum i jeong mal pyeon ha da
回到故鄉內心真的很舒服。

平素/平常/素來 名詞

평소 pyeong so

例 평소 열심히 사는 사람은 언젠가는 좋은 결실을 맺게 될 것입니다.
pyeong so yeol sim hi sa neun sa ram eun eon jen ga neun jo eun gyeol si reul maet ge doel geon nim ni da
平常就很努力來生活的人總有一天會結出美好的果實。

平安 形容詞

평안하다 pyeong an ha da

例 쓸데없는 걱정을 하지 않으면 마음이 평안해질
거야.

sseul de eom neun geok jeong eul ha ji a neu myeon
ma eum i pyeong an hae jil geo ya

如果不要做無謂的擔憂內心就會變得平安。

平和/和平 名詞

평화 pyeong hwa

例 비둘기는 전 세계적으로 평화의 상징으로 알려져
있습니다.

bi dul gi neun jeon se gye jeo geu ro pyeong hwa ui
sang jing eu ro al lyeo jyeo it seum ni da

鴿子是全世界公認的和平象徵。

葡萄 名詞

포도 po do

例 포도는 내가 제일 좋아하는 과일이에요.

po do neun nae ga je il jo a ha neun gwa i ri e yo

葡萄是我最喜歡的水果。

包裝 動詞

포장하다 po jang ha da

例 이건 선물할 거니까 예쁘게 포장해 주세요.

i geon seon mul hal geo ni kka ye ppeu ge po jang
hae ju se yo

這個是我要送人的禮物請包裝漂亮一點給我。

● track 071

👑 表情 名詞

표정 pyo jeong

例 그는 좋은 일이 있는지 얼굴에 행복한 표정을 짓고 있었다.

geu neun jo eun i ri in neun ji eol gu re haeng bo kan pyo jeong eul jit go i seot da

不知道他是不是有什麼好事，臉上帶著幸福的表情。

表象(與中文意思不同)/代表性的人物/ 象徵性的人物 名詞

표상 pyo sang

例 매일 학교와 학원을 오고가며 열심히 공부하는 그 드라마의 주인공은 이 시대 학생들의 표상입니다.

mae il hak gyo wa ha gwon eul ro go ga myeo yeol sim hi gong bu ha neun geu deu ra ma ui ju in gong eun i si dae hak saeng deu rui pyo sang im ni da

每天在學校還有補習班之間往來奔波、努力讀書的那部戲劇的主角，就是這時代學生們的代表人物。

疲困/疲倦/累 形容詞

피곤하다 pi gon ha da

例 어제 밤을 새서 너무 피곤해.

eo je bam eul sae seo neo mu pi gon hae

昨天晚上我熬夜所以很累。

👑 皮膚 名詞

피부 pi bu

例 겨울철에는 피부가 건조해질 수 있으니 잘
관리해야 해요.

gyeo ul cheo re neun pi bu ga geon jo hae jil su i seu
ni jal gwal li hae ya hae yo

冬天的時候皮膚會變乾燥所以要好好管理。

必要/需要 動詞

필요하다 pil lyo ha da

例 우리 회사에는 한국어를 할 수 있는 사람이 꼭
필요해요.

u ri hoe sa e neun han gu geo reul hal su in neun sa
ram i kkok pil lyo hae yo

我們公司非常需要會韓文的人。

學科/科系 名詞

학과 hak gwa

例 저는 영어학과이고 부전공은 프랑스어예요.

jeo neun nyeong eo hak gwa i go bu jeon gong eun
peu rang seu eo ye yo

我是英語系，副修西班牙文。

👑 **學生** 名詞

학생 hak saeng

例 도서관에는 시험 공부를 열심히 하는 학생들이
많아요.

do seo gwan e neun si heom gong bu reul lyeol sim hi
ha neun hak saeng deu ri ma na yo

圖書館裡面有許多為了考試努力念書的學生。

👑 **韓國語/韓文** 名詞

한국어 han gu geo

例 한국어를 배우고 싶어요.
han gu geo reul bae u go si peo yo
我想學韓文。

韓服 名詞

한복 han bok

例 한복은 한국의 전통 옷이에요.
han bo geun han gu gui jeon tong on ni e yo
韓服是韓國的傳統衣服。

汗蒸幕 名詞

한증막 han jeung mak

例 오늘 한증막에 가서 땀 좀 빼지 않을래요?
o neul han jeung ma ge ga seo ttam jom ppae ji a neul
lae yo
今天要不要去韓國汗蒸幕流流汗呢？

割引/打折/折扣 名詞

할인 ha rin

例 오늘은 백화점에서 반값 할인 행사를 하는 날이에요.

o neu reun baek wa jeom e seo ban gap ha rin haeng sa reul ha neun na ri e yo

今天百貨公司有半價打折的活動。

海物/海產/海鮮 名詞

해물 hae mul

例 바닷가에 가면 해물이 든 음식을 꼭 먹어야 돼요.

ba dat ga e ga myeon hae mu ri deun eum si geul kkok meo geo ya dwae yo

如果去到海邊一定要吃吃有海鮮的料理喔。

海水浴場 名詞

해수욕장 hae su yok jang

例 우리 이번 여름에 해수욕장으로 놀러 갈까요?

u ri i beon nyeo reum e hae su yok jang eu ro nol leo gal kka yo

我們這次夏天要不要去海水浴場玩呢?

核心 名詞

핵심 haek sim

例 그 강연의 핵심은 무엇인가요?

geu gang yeon ui haek sim eun mu eon nin ga yo

這次演講的核心是什麼呢?

● track 073

👑 幸福

행복하다　haeng bo ka da

> 例　나는 행복해요!
> na neun haeng bo kae yo
> **我好幸福！**

香水　名詞

향수　hyang su

> 例　저 사람이 뿌린 향수는 향이 정말 좋아!
> jeo sa ram i ppu rin hyang su neun hyang i jeong mal
> jo a
> **那個人擦的香水真香！**

合理　名詞

합리　ham ni

> 例　이 가게 물건들의 가격은 매우 합리적이다.
> i ga ge mul geon deu rui ga gyeo geun mae u ham ni
> jeo gi da
> **這家店的東西價格非常的合理。**

協力/合作　動詞

협력하다　hyeom nyeo ka da

> 例　우리 협력해서 일을 해 봐요.
> u ri hyeom nyeo kae seo i reul hae bwa yo
> **我們合作一起來工作看看。**

兄/哥(男生用語) 名詞

형 hyeong

例 우리 형은 동생들을 정말 잘 챙겨 줘.
u ri hyeong eun dong saeng deu reul jeong mal jal
chaeng gyeo jwo
我的哥哥真的很會照顧弟弟妹妹。

好奇心 名詞

호기심 ho gi sim

例 아기들은 호기심이 많아요.
a gi deu reun ho gi sim i ma na yo
小嬰孩的好奇心很旺盛。

呼吸/合得來 名詞

호흡 ho heup

例 나는 늦을까 봐 방금 헐레벌떡 뛰어와서 호흡이
매우 가쁘다.
na neun neu jeul kka bwa bang geum heol le beol
tteok ttwi eo wa seo ho heu bi mae u ga ppeu da
我怕會遲到所以氣喘噓噓的跑過來現在呼吸很急促。

- -

例 두 사람은 성격이 비슷해서인지, 호흡이 척척
맞는다.
du sa ram eun seong gyeo gi bi seu tae seo in ji, ho
heu bi cheok cheok man neun da
不知是不是因為兩人的個性很相似，所以非常合得
來。

● track 074

湖水 名詞

호수 ho su

例 호수 주변에 꽃이 예쁘게 피었어요.
ho su ju byeon e kko chi ye ppeu ge pi eo seo yo
湖水邊開著美麗的花朵。

弘報/宣傳 名詞

홍보 hong bo

例 이번 행사에 사람들이 많이 참여할 수 있게
길거리에서 홍보를 부탁해요.
i beon haeng sa e sa ram deu ri ma ni cham nyeo hal
su it ge gil geo ri e seo hong bo reul bu ta kae yo
**希望這次的活動有非常多的人來參與，拜託大家在路
旁多多的宣傳唷。**

畫家 名詞

화가 hwa ga

例 저 화가는 그림을 아주 잘 그려요.
jeo hwa ga neun geu rim eul ra ju jal geu ryeo yo
那位畫家非常的會畫畫。

火山 名詞

화산 hwa san

例 백두산은 1000여년 전에 폭발한 적이 있는
화산입니다.
baek du san eun cheon yeo nyeon jeon e pok bal han
jeo gi in neun hwa san im ni da
白頭山是一千年前曾經爆發過的火山。

化妝 動詞

화장하다 hwa jang ha da

例 많은 여성들은 외출하기 전에 꼭 화장합니다.
ma neun nyeo seong deu reun oe chul ha gi jeon e
kkok wa jang ham ni da
許多的女性在外出之前一定會化妝。

和解/和好 動詞

화해 hwa hae

例 우리 화해하자.
u ri hwa hae ha ja
我們和好吧。

歡迎 動詞

환영하다 hwan nyeong ha da

例 할머니는 우리 가족을 웃으며 환영해 주셨습니다.
hal meo ni neun u ri ga jo geul rus eu myeo hwan
nyeong hae ju syeot seum ni da
奶奶帶著笑容來歡迎我們一家人。

恍惚/令人入迷/著迷/出神/輝煌燦爛 形容詞

황홀하다 hwang hol ha da

例 동해 바다에서 본 새해의 일출은 아름답고
황홀했다.
dong hae ba da e seo bon sae hae ui il chu reun a
reum dap go hwang hol haet da
在東海看到的新年日出非常的美麗又輝煌燦爛。

● track 075

👑 會社/公司 名詞

회사 hoe sa

例 저는 자동차 회사에 다녀요.
jeo neun ja dong cha hoe sa e da nyeo yo
我在汽車公司上班。

效果 名詞

효과 hyo gwa

例 이 약은 감기에 효과가 아주 좋아요.
i ya geun gam gi e hyo gwa ga a ju jo a yo
這個藥對於感冒非常有效果。

後悔 動詞

후회하다 hu hoe ha da

例 나중에 후회하지 말고 최선을 다하자.
na jung e hu hoe ha ji mal go choe seon eul da ha ja
以後不要後悔，盡全力做吧！

👑 休暇/休假/假期 名詞

휴가 hyu ga

例 이번 여름 휴가는 국내로 갈까, 해외로 갈까?
i beon nyeo reum hyu ga neun gung nae ro gal kka,
hae oe ro gal kka
這次暑假要在國內旅遊還是要到國外旅遊呢？

休日/星期假日　名詞

휴일　hyu il

例 이번 휴일에는 무엇을 할 거예요?

i beon hyu i re neun mu eos eul hal geo ye yo

這次假日你要做什麼？

稀貴/稀有珍貴　形容詞

희귀하다　hui gwi ha da

例 이 꽃은 우리 나라에서만 자라는 희귀한
종이에요.

i kko cheun u ri na ra e seo man ja ra neun hui gwi
han jong i e yo

這種花是只有在我們國家才有生長的稀有品種。

吸收　動詞

흡수하다　heup su ha da

例 책에 물을 흘려서 종이가 물을 다 흡수했어요.

chae ge mu reul heul lyeo seo jong i ga mu reul da
heup su hae seo yo

水潑到了書，結果紙都吸收到水了。

👑 希望　名詞

희망　hui mang

例 힘들어도 희망을 잃지 말자!

him deu reo do hui mang eul ril chi mal ja

即使辛苦也不要忘記了希望！

第二章

外來語

遊戲/比賽/一局 名詞

게임(game) ge im

例 우리 동생은 컴퓨터 게임을 정말 좋아해.
u ri dong saeng eun keom pyu teo ge im eul jeong
mal jo a hae
我的弟弟(妹妹)真的很喜歡玩電玩。

高爾夫 名詞

골프(glof) gol peu

例 주말에 골프 치러 가지 않겠습니까?
ju ma re gol peu chi reo ga ji an ket seum ni kka
週末的時候你不要去打高爾夫球嗎？

口香糖 名詞

껌(gum) kkeom

例 양치를 못했을 때는 대신 껌을 씹으면 좋아.
yang chi reul mo tae seul ttae neun dae sin kkeom eul
ssi beu myeon jo a
沒有辦法刷牙的時候可以找口香糖來代替也不錯。

小刀/短刀/餐刀 名詞

나이프(knife) na i peu

例 스테이크를 먹을 때 나이프와 포크가 필요해.
seu te i keu reul meo geul ttae na i peu wa po keu ga
pil lyo hae
吃牛排的時候需要刀叉。

• track 077

👑 舞蹈/跳舞 名詞

댄스(dance) daen seu

例 요즘 아이돌 댄스가 유행이라고 해요.
yo jeum a i dol daen seu ga yu haeng i ra go hae yo
最近很流行偶像明星的舞蹈。

戲劇/電視劇 名詞

드라마(drama) deu ra ma

例 요즘 한국 드라마가 해외에서 정말 인기가 많아.
yo jeum han guk deu ra ma ga hae oe e seo jeong mal
rin gi ga ma na
最近的韓劇在海外非常的流行。

👑 洋裝/禮服 名詞

드레스(dress) deu re seu

例 나는 결혼할 때 흰색 꽃무늬가 많은 드레스를
입고 싶어요.
na neun gyeol hon hal ttae huin saek kkon mu nui ga
ma neun deu re seu reul rip go si peo yo
我結婚的時候想要穿上面有許多花紋的白色婚紗。

設計 名詞

디자인(design) di ja in

例 나는 이 옷의 디자인이 더 예쁜 것 같아.
na neun i os ui di ja in i deo ye ppeun geot ga ta
我覺得這一件衣服的設計更漂亮。

打火機 名詞

라이터(lighter) ra i teo

例 담배를 피는 사람들은 라이터를 항상 들고 다녀.
dam bae reul pi neun sa ram deu reun la i teo reul
hang sang deul go da nyeo
抽菸的人身上時常帶著打火機。

線 名詞

라인(line) ra in

例 공이 저 라인을 벗어나면 상대편이 공을 가져가게
돼.
gong i jeo ra in eul beos eo na myeon sang dae pyeon
i gong eul ga jyeo ga ge dwae
如果球超過那條線，就算對方的球。

課程 名詞

레슨(lesson) re seun

例 저 선생님의 피아노 레슨은 1시간당 3만원이야.
jeo seon saeng nim ui pi a no re seun eun han si gan
dang sam man won i ya
那位老師的鋼琴課是一個小時3萬元。

蕾絲 名詞

레이스(lace) re i seu

例 레이스가 많은 옷은 여성스러워 보여.
re i seu ga ma neun os eun nyeo seong seu reo wo bo
yeo
有很多蕾絲的衣服看起來很女性化。

• track 078

休閒 名詞

레저(leisure) re jeo

例 여름에 할 수 있는 레저활동으로는 수영이나
래프팅이 있어.
yeo reum e hal su in neun le jeo hwal dong eu ro neun
su yeong i na rae peu ting i i seo
夏天的時候可以做的休閒活動有游泳或者是坐救生艇。

👑 隊長 名詞

리더(leader) ri deo

例 나는 우리 팀의 리더예요.
na neun u ri tim ui ri deo ye yo
我是我們這一隊的隊長。

負 名詞

마이너스(minus) ma i neo seu

例 오늘 기온이 마이너스 17도나 된대!
o neul gi on i ma i neo seu sip chil do na doen dae
今天氣溫是負17度。

麥克風 名詞

마이크(microphone, mike) ma i keu

例 마이크에 입을 대고 크게 말해 주세요.
ma i keu e i beul dae go keu ge mal hae ju se yo
請將麥克風靠近嘴巴講大聲一點。

符號文字/訊息 名詞

메시지(message) me si ji

例 제가 보낸 메시지 받으셨어요?
je ga bo naen me si ji ba deu syeo seo yo
請問你有收到我傳送的訊息嗎？

模特兒 名詞

모델(model) mo del

例 모델들은 모두 키가 크고 날씬해.
mo del deu reun mo du ki ga keu go nal ssin hae
模特兒都身高很高又苗條。

小姐 名詞

미스(miss) mi seu

例 저는 아직 결혼 안 한 미스예요.
jeo neun a jik gyeol hon an han mi seu ye yo
我是還沒結婚的小姐。

例 미스 김, 이 서류 좀 확인해줄 수 있어?(영어 호칭처럼 사용)
mi seu gim i seo ryu jom hwa gin hae jul su i seo
金小姐可以請你確認一下這個文件嗎？
(使用方法跟英文稱呼一樣)

先生 名詞

미스터(mister/Mr.) mi seu teo

例 미스터 강, 이리 와서 이것 좀 도와줘.
mi seu teo gang i ri wa seo i geot jom do wa jwo
江先生可以請你過來這邊幫我一下嗎？

● track 079

包包 名詞

백(bag) baek

例 명품 백을 사고 싶은데, 너무 비싸서 돈을 모아야
해.

myeong pum bae geul sa go si peun de neo mu bi ssa
seo don eul mo a ya hae

我想買名牌包包但是太貴了必須要存錢。

尺寸 名詞

사이즈(size) sa i jeu

例 이 옷보다 한 사이즈 큰 것은 없나요?

i ot bo da han sa i jeu keun geos eun eom na yo

有沒有比這件衣服更大一個尺寸的呢？

簽名 名詞

사인(sign) sa in

例 신용카드를 사용해서 물건을 사고 나면 사인을
해야 해.

sin nyong ka deu reul sa yong hae seo mul geon eul sa
go na myeon sa in eul hae ya hae

使用信用卡買東西要簽名。

淋浴 名詞

샤워(shower) sya wo

例 여름에는 땀을 많이 흘리니까 샤워를 꼭 해야
해요.

yeo reum e neun ttam eul ma ni heul li ni kka sya wo
reul kko kae ya hae yo

夏天會流很多汗所以一定要洗澡。

香檳 名詞

샴페인(champagne) syam pe in

例 나는 샴페인보다는 칵테일이나 와인을 더
좋아해요.

na neun syam pe in bo da neun kak te i ri na wa in eul
deo jo a hae yo

比起香檳我更喜歡雞尾酒或者葡萄酒。

洗髮精 名詞

샴푸(shampoo) syam pu

例 나는 향기가 좋은 샴푸로 머리 감기를 좋아해요.

na neun hyang gi ga jo eun syam pu ro meo ri gam gi
reul jo a hae yo

我喜歡用香香的洗髮精洗頭。

套/套餐 名詞

세트(set) se teu

例 나는 과일 와플이랑 홍차 세트를 먹을래.

na neun gwa il rwa peu ri rang hong cha se teu reul
meo geul lae

我要吃水果鬆餅跟紅茶套餐。

性感 形容詞

섹시하다(sexy) sek si ha da

例 그 영화배우는 정말 섹시해서 여성 팬들이 매우
많아요.

geu yeong hwa bae u neun jeong mal sek si hae seo
yeo seong paen deu ri mae u ma na yo

那個電影明星真的很性感所以有很多的女性粉絲。

● track 080

中心 名詞

센터(center) sen teo

例 우리는 관광 안내 센터에 들렀습니다.
u ri neun gwan gwang an nae sen teo e deul leot seum ni da
我們進去了觀光諮詢中心。

公分 量詞

센티/ 센티미터(centimeter) sen ti / sen ti mi teo

例 내 키는 170센티 정도 됩니다.
nae ki neun baek chil sip sen ti jeong do doem ni da
我的身高大約有170公分。

襯衫/衫 名詞

셔츠(shirt) syeo cheu

例 나는 저 셔츠가 정말 마음에 들어.
na neun jeo syeo cheu ga jeong mal ma eum e deu reo
我真的很喜歡那件T shirt。

沙發 名詞

소파(sofa) so pa

例 소파에 누워 티비를 보다 잠이 들었다.
so pa e nu wo ti bi reul bo da jam i deu reot da
躺在沙發上看TV結果就睡著了。

秀 名詞

쇼(show) syo

例 내 동생은 마술 쇼를 보고 나서 마술의 비밀에
대해 알고 싶어했다.

nae dong saeng eun ma sul syo reul bo go na seo ma
su rui bi mi re dae hae al go si peo haet da

**我的弟弟(妹妹)看的魔術秀之後很想要知道關於魔術
的祕密。**

超級市場 名詞

슈퍼마켓(supermarket) syu peo ma ket

例 집 앞 슈퍼마켓에 과자 사 먹으러 갈래?

jip bap syu peo ma kes e gwa ja sa meo geu reo gal
lae

要不要去家門前的超市買些餅乾來吃呢?

射/射門/投籃 動詞

슛(shoot) syut

例 그 축구 선수는 이번 경기에서 슛을 3번이나
성공시켰다.

geu chuk gu seon su neun i beon gyeong gi e seo syus
eul se beon i na seong gong si kyeot da

那位足球選手在這次的比賽中成功射門3次。

● track 081

絲巾 名詞

스카프(scarf) seu ka peu

例 나는 엄마의 생신 선물로 가을에 매기 좋은
보라색 스카프를 선물해 드렸다.

na neun eom ma ui saeng sin seon mul lo ga eu re
mae gi jo eun bo ra saek seu ka peu reul seon mul hae
deu ryeot da

**我送了一條很適合在秋天圍的紫色絲巾當作生日禮物
送給媽媽。**

銀幕 名詞

스크린(screen) seu keu rin

例 이 영화관은 스크린 크기가 전국에서 제일 커서
영화를 볼 때 정말 실감나!

i yeong hwa gwan eun seu keu rin keu gi ga jeon gu
ge seo je il keo seo yeong hwa reul bol ttae jeong mal
sil gam na

**那些年電影院的銀幕是全國最大的所以看電影的時候
很有臨場感！**

行程/計畫表 名詞

스케줄(schedule) seu ke jul

例 제 스케줄을 한 번 확인해 보고, 그 날 약속이
없으면 연락드릴게요.

je seu ke ju reul han beon hwa gin hae bo go geu nal
lyak so gi eop seu myeon nyeol lak deu ril ge yo

**我再次確認一下我的行程，如果沒有其他的約會我會
跟你聯絡。**

緋聞　名詞

스캔들(scandal)　seu kaen deul

例　그 가수와 일반인 여대생 사이에 스캔들이
　　났다는데, 그거 사실이야?

geu ga su wa il ban in nyeo dae saeng sa i e seu kaen
deu ri nat da neun de geu geo sa si ri ya

那個歌手跟一般的女大學生爆出的緋聞是真的嗎？

素描/寫生　名詞

스케치(sketch)　seu ke chi

例　색칠을 하기 전에 먼저 연필로 스케치부터
　　하세요.

saek chi reul ha gi jeon e meon jeo yeon pil lo seu ke
chi bu teo ha se yo

在著色之前請先用鉛筆來畫素描。

毛衣　名詞

스웨터(sweater)　seu we teo

例　겨울에는 두꺼운 스웨터를 입는 사람들이 많다.

gyeo u re neun du kkeo un seu we teo reul rim neun
sa ram deu ri man ta

冬天的時候穿著厚厚毛衣的人很多。

開關　名詞

스위치(switch)　seu wi chi

例　거기 스위치 좀 켜서 선풍기 좀 틀어 주겠니?

geo gi seu wi chi jom kyeo seo seon pung gi jom teu
reo ju gen ni

可以請你按一下那個開關把電風扇打開嗎？

● track 082

滑雪 動詞

스키(ski) seu ki

例 겨울에 스키를 타러 스키장으로 놀러가고 싶어요.

gyeo u re seu ki reul ta reo seu ki jang eu ro nol leo ga
go si peo yo

我冬天的時候想要去滑雪場滑雪玩。

明星 名詞

스타(star) seu ta

例 행사장은 한류스타들에게 사인을 받으려는
사람들로 북적이고 있었습니다.

haeng sa jang eun hal lyu seu ta deu re ge sa in eul
ba deu ryeo neun sa ram deul lo buk jeo gi go i seot
seum ni da

**活動會場因為有許多人等著給韓流明星簽名字所以鬧
哄哄的。**

類型 名詞

스타일(style) seu ta il

例 어떤 스타일의 여자를 좋아하시나요?

eo tteon seu ta i rui yeo ja reul jo a ha si na yo

你喜歡哪種類型的女生呢?

- -

例 넌 딱 내 스타일이야!

neon ttak nae seu ta i ri ya

你就是我喜歡的類型!

褲襪 名詞

스타킹(stocking) seu ta king

例 추운 겨울에는 두꺼운 스타킹을 자주 신습니다.

chu un gyeo u re neun du kkeo un seu ta king eul ja ju sin seum ni da

在寒冷的冬天我常常穿很厚的褲襪。

故事 名詞

스토리(story) seu to ri

例 이 영화는 스토리가 정말 재미있어요.

i yeong hwa neun seu to ri ga jeong mal jae mi i seo yo

這部電影的故事真的很有趣。

寫真館/攝影棚 名詞

스튜디오(studio) seu tyu di o

例 그 커플은 스튜디오에서 결혼 사진을 찍기로 했습니다.

geu keo peu reun seu tyu di o e seo gyeol hon sa jin eul jjik gi ro haet seum ni da

那對結婚新人在攝影棚裡面拍攝結婚照。

壓力 名詞

스트레스(stress) seu teu re seu

例 요즘 회사에서 받는 스트레스가 너무 많아요.

yo jeum hoe sa e seo ban neun seu teu re seu ga neo mu ma na yo

最近在公司的壓力真是太大了。

● track 083

貼紙 名詞

스티커(sticker) seu ti keo

例 편지봉투에 스티커를 붙여 주세요.
pyeon ji bong tu e seu ti keo reul bu tyeo ju se yo
請在信封上貼貼紙。

運動 名詞

스포츠(sports) seu po cheu

例 우리 아빠는 스포츠 경기 보는 것을 좋아하세요.
u ri a ppa neun seu po cheu gyeong gi bo neun geos
eul jo a ha se yo
我爸爸喜歡看運動競賽。

擴音器 名詞

스피커(speaker) seu pi keo

例 스피커에서 나는 소리가 너무 시끄러워요.
seu pi keo e seo na neun so ri ga neo mu si kkeu reo
wo yo
擴音器傳出來的聲音太吵了。

標語/口號/座右銘 名詞

슬로건(slogan) seul lo geon

例 그 가게는 '손님은 왕이다' 라는 슬로건을
내걸었어요.
geu ga ge neun 'son nim eun wang i da ra neun seul lo
geon eul lae geo reo seo yo
那一家店的標語是「客人就是國王」。

拖鞋 名詞

슬리퍼(slipper) seul li peo

例 나는 집 앞 슈퍼에 갈 때 슬리퍼를 신고 가요.
na neun jip bap syu peo e gal ttae seul li peo reul sin go ga yo

我到家對面的超市去的時候都穿拖鞋去。

打工(源自德語Arbeit)/**副業** 名詞

아르바이트 a reu ba i teu

例 나는 주말마다 편의점에서 아르바이트를 하고 있어요.
na neun ju mal ma da pyeon ui jeom e seo a reu ba i teu reul ha go i seo yo

我每個週末都會去打工。

想法/構想/主意 名詞

아이디어(idea) a i di eo

例 이번 프로젝트에는 독특한 아이디어가 필요합니다.
i beon peu ro jek teu e neun dok teu kan a i di eo ga pil lyo ham ni da

這次的企劃需要特別的構想。

冰淇淋 名詞

아이스크림(ice cream) a i seu keu rim

例 여름에는 너무 더워서 아이스크림을 자주 먹어요.
yeo reum e neun neo mu deo wo seo a i seu keu rim eul ja ju meo geo yo

夏天很熱所以我常常吃冰淇淋。

● track 084

👑 活力/能源/能量 名詞

에너지(energy) e neo ji

例 태양열 에너지를 이용해 움직이는 자동차가
개발되었습니다.
tae yang yeol re neo ji reul ri yong hae um ji gi neun ja
dong cha ga gae bal doe eot seum ni da
已經有人發明太陽能汽車了。

插曲 名詞

에피소드(episode) e pi so deu

例 재미있는 에피소드가 너무 많아요.
jae mi in neun e pi so deu ga neo mu ma na yo
有很多有趣的插曲。

引擎 名詞

엔진(engine) en jin

例 차의 엔진이 갑자기 꺼졌어요.
cha ui en jin i gap ja gi kkeo jyeo seo yo
汽車的引擎突然熄了。

👑 電梯 名詞

엘리베이터(elevator) el li be i teo

例 엘리베이터가 고장나서 계단으로 1층까지
내려와야 했어요.
el li be i teo ga go jang na seo gye dan eu ro il cheung
kka ji nae ryeo wa ya hae seo yo
電梯故障了，所以用走的到一樓。

精英/優秀分子菁英分子 名詞

엘리트(elite) el li teu

例 저 사람은 명문대를 졸업한 엘리트야.

jeo sa ram eun myeong mun dae reul jo reo pan el li teu ya

那個人是在優秀的名門大學畢業的菁英分子。

試鏡/試演/試唱/甄選 名詞

오디션(audition) o di syeon

例 요즘 연예인이 되고 싶은 일반인을 뽑는 오디션 프로그램이 정말 유행이에요.

yo jeum nyeon ye in i doe go si peun il ban in eul ppom neun o di syeon peu ro geu raem i jeong mal lyu haeng i e yo

最近選拔素人成為明星的甄選節目真的很流行。

音響 名詞

오디오(audio) o di o

例 차 안의 오디오에서 잔잔한 클래식 음악이 나옵니다.

cha an ui o di o e seo jan jan han keul lae sik geum a gi na om ni da

車子裡的音響播放著安靜的古典樂。

柳橙 名詞

오렌지(orange) o ren ji

例 오렌지가 먹고 싶어요.

o ren ji ga meok go si peo yo

我想吃柳橙。

● track 085

好/OK 名詞

오케이(OK) o ke i

例 그는 오케이 몸짓을 해보였다.
geu neun o ke i mom ji seul hae bo yeot da
他比了一個OK的手勢。

摩托車 名詞

오토바이(auto bicycle) o to ba i

例 대만에는 오토바이를 타는 사람들이 정말 많아요.
dae man e neun o to ba i reul ta neun sa ram deu ri
jeong mal ma na yo
在台灣騎摩托車的人真的很多。

連衣裙 名詞

원피스(one-piece) won pi seu

例 이 원피스는 얇아서 여름에 입기 좋아요.
i won pi seu neun nyal ba seo yeo reum e ip gi jo a yo
這件洋裝很薄所以適合夏天穿。

世界盃(足球賽) 名詞

월드컵(World Cup) wol deu keop

例 한국은 2002년 월드컵에서 4강에 진출했어요.
han gung neun i cheon i nyeon wol deu keo be seo sa
gang e jin chul hae seo yo
韓國在2002年進入世界盃前四強。

眨眼/使眼色/送秋波 動詞

윙크하다(wink) wing keu ha da

例 어제 그 남자가 나에게 윙크하며 말을
걸었어요!

eo je geu nam ja ga na e ge wing keu ha myeo ma
reul geo reo seo eo yo

昨天那個男生對我眨眼而且跟我搭話！

制服 名詞

유니폼(uniform) yu ni pom

例 같은 팀 선수들은 같은 유니폼을 입고 있어요.

ga teun tim seon su deu reun ga teun nyu ni pom eul
rip go i seo yo

同一隊的選手穿著一樣的制服。

歐洲 名詞

유럽(Europe) yu reop

例 저 외국인은 유럽에서 왔어요.

jeo oe gu gin eun nyu reo be seo wa seo yo

那個外國人是從歐洲來的。

面談/採訪/專訪 名詞

인터뷰(interview) in teo byu

例 신문에 내가 좋아하는 작가의 인터뷰 기사가
실렸다.

sin mun e nae ga jo a ha neun jak ga ui in teo byu gi
sa ga sil lyeot da

新聞有在報導你喜歡的作家專訪。

知識份子 名詞

인텔리(intelligentsia) in tel li

例 우리 오빠는 명문대를 졸업하고 대기업에 다니는
인텔리이다.

u ri o ppa neun myeong mun dae reul jo reo pa go
dae gi eo be da ni neun in tel li i da

**我的哥哥是在有名的大學畢業並且在大企業裡面上班
的高知識份子。**

夾克/外套 名詞

잠바(jumper) jam ba

例 날씨가 너무 추우니까 위에 잠바를 꼭 걸치고
나와요.

nal ssi ga neo mu chu u ni kka wi e jam ba reul kkok
geol chi go na wa yo

天氣很冷外出時請一定要加件外套。

果醬 名詞

잼(jam) jaem

例 식빵에 잼을 발라서 드세요.

sik ppang e jaem eul bal la seo deu se yo

請在吐司上面塗果醬來吃。

慢跑 動詞

조깅(jogging) jo ging

例 저는 요즘 아침마다 공원에서 조깅을 하고 있어요.

jeo neun nyo jeum a chim ma da gong won e seo jo ging eul ha go i seo yo

我最近每天早上都在公園慢跑。

頻道 名詞

채널(channel) chae neol

例 나는 음악 채널을 좋아해.

na neun eum ak chae neo reul jo a hae

我喜歡音樂頻道。

核對/檢查/打勾 動詞

체크하다(check) che keu ha da

例 설문지를 읽고 해당되는 곳에 체크해 주세요.

seol mun ji reul rik go hae dang doe neun gos e che keu hae ju se yo

請閱讀一下問卷並在符合的地方打勾。

起司 名詞

치즈(cheese) chi jeu

例 피자 위에 덮인 치즈가 정말 맛있어요.

pi ja wi e deo pin chi jeu ga jeong mal man ni seo yo

披薩上面的起司真的很好吃。

● track 087

卡片 名詞

카드(card) ka deu

例 친구의 생일이라서 생일 축하 카드를 썼어요.
chin gu ui saeng i ri ra seo saeng il chu ka ka deu reul
sseo seo yo
朋友生日所以我寫了生日卡片。

非凡的領導力/教主般的指導力/
超凡之魅力 名詞

카리스마(charisma) ka ri seu ma

例 저 남자는 눈빛에서 강력한 카리스마가 뿜어져
나와.
jeo nam ja neun nun bi che seo gang nyeo kan ka ri
seu seu ma ga ppum eo jyeo na wa
那個男子眼神當中上發出強烈的超凡魅力。

照相機 名詞

카메라 (camera) ka me ra

例 여행을 가면 카메라가 필수입니다.
yeo haeng eul ga myeon ka me ra ga pil su im ni da
旅行的時候要帶照相機。

櫃檯 名詞

카운터(counter) ka un teo

例 내가 카운터로 가서 계산할게.
nae ga ka un teo ro ga seo gye san hal ge
我去櫃檯結帳。

咖啡館 名詞

카페(café) ka pe

例 우리 밥 먹고 카페 갈까?
u ri bap meok go ka pe gal kka
我們要不要去吃飯然後喝下午茶？

♛ 校園 名詞

캠퍼스(campus) kaem peo seu

例 우리 대학교 캠퍼스는 정말 아름다워요.
u ri dae hak gyo kaem peo seu neun jeong mal ra
reum da wo yo
我們大學的校園真的很美麗。

♛ 咖啡 名詞

커피 (coffee) keo pi

例 커피를 많이 마시면 어떻게 될까?
keo pi reul ma ni ma si myeon eo tteo ke doel kka
咖啡喝太多會怎樣？

咖啡廳 名詞

커피숍(coffee shop) keo pi syop

例 우리 3시에 학교 앞의 커피숍에서 만납시다.
u ri se si e hak gyo a pui keo pi syo be seo man nap si
da
我們三點的時候約在校門口的咖啡廳見面。

● track 088

狀況/狀態 名詞

컨디션 (condition) keon di syeon

例 저 축구선수는 오늘 컨디션이 좋아서 두 골이나 넣었어!

jeo chuk gu seon su neun o neul keon di syeon i jo a seo du go ri na neo eo seo

那位足球選手今天的狀況很好，射進了兩球。

杯子 名詞

컵(cup) keop

例 이 컵에 물을 따라 마셔요.

i keo be mu reul tta ra ma syeo yo

請在杯子裡裝水來喝。

路線/跑道 名詞

코스(course) ko seu

例 드라이브 코스를 따라 운전을 했어요.

deu ra i beu ko seu reul tta ra un jeon eul hae seo yo

我們沿著兜風路線駕駛。

教練 名詞

코치(coach) ko chi

例 그는 아동 축구단의 코치로 활동하고 있다.

geu neun a dong chuk gu dan ui ko chi ro hwal dong ha go it da

他是兒童足球隊的教練。

聖誕節　名詞

크리스마스(Christmas)　keu ri seu ma seu

例 이번 크리스마스 선물로는 무엇을 받고 싶니?
i beon keu ri seu ma seu seon mul lo neun mu eos eul
bat go sim ni
這次聖誕節你想收到什麼禮物？

奶油　名詞

크림(cream)　keu rim

例 나는 초콜릿 크림이 덮인 초콜릿 케익이 먹고
싶어요.
na neun cho kol lit keu rim i deo pin cho kol lit ke i gi
meok go si peo yo
我想要吃上面有巧克力奶油的巧克力蛋糕。

親吻　動詞

키스하다(kiss)　ki seu ha da

例 그는 키스를 잘한다.
geu neun ki seu reul jal han da
他是個親吻高手。

公斤　名詞

킬로(kilo)　kil lo

例 우리 집 강아지는 몸무게가 15킬로예요.
u ri jip gang a ji neun mom mu ge ga sip o kil lo ye yo
我們家的狗體重15公斤。

● track 089

考試/測驗 名詞

테스트(test) te seu teu

例 내일 학원에서 영어 단어 테스트가 있어요.
nae il ha gwon e seo yeong eo dan eo te seu teu ga i
seo yo
明天補習班有英語單字考試。

網球 名詞

테니스(tennis) te ni seu

例 나는 테니스 치는 것이 취미야.
na neun te ni seu chi neun geon ni chwi mi ya
我的興趣是打網球。

膠帶 名詞

테이프(tape) te i peu

例 이것 좀 테이프로 붙여 줘요.
i geot jom te i peu ro bu tyeo jwo yo
這個請用膠帶黏起來給我。

電視 名詞

텔레비전(television) tel le bi jeon

例 저는 텔레비전을 잘 안봐요.
jeo neun tel le bi jeon eul jal ran bwa yo
我不常看電視。

T恤 名詞

티셔츠(T shirts) ti syeo cheu

例 날씨가 너무 더우니까 반팔 티셔츠를 입고 나가자.

nal ssi ga neo mu deo u ni kka ban pal ti syeo cheu reul rip go na ga ja

天氣很熱所以穿短袖T shirt出門吧。

小費 名詞

팁(tip) tip

例 이 식당은 종업원에게 팁을 주지 않아도 되는 식당이에요.

i sik dang eun jong eo bwon e ge ti beul ju ji a na do doe neun sik dang i e yo

這個餐廳不用給服務員小費也沒關係。

資料／檔案／資料夾 名詞

파일(file) pa il

例 여기 책상에 있는 파일들 좀 정리해 줄래요?

yeo gi chaek sang e in neun pa il deul jom jeong ni hae jul lae yo

桌上的資料可以請你整理一下嗎？

● track 090

👑 伴/搭檔 名詞

파트너(partner) pa teu neo

例 내일 축제 때 내 파트너가 되어 춤을 추지
않을래요?

nae il chuk je ttae nae pa teu neo ga doe eo chum eul
chu ji a neul lae yo

明天的典禮你可以當我的舞伴嗎？

歌迷 名詞

팬(fan) paen

例 그녀는 그 가수의 엄청난 팬이에요.

geu nyeo neun geu ga su ui eom cheong nan paen i e
yo

她是那個歌手的忠實歌迷。

內褲 名詞

팬티(panty) paen ti

例 팬티 선물 받았어요.

paen ti seon mul ba da seo yo

收到了內褲的禮物。

幫浦 名詞

펌프(pump) peom peu

例 그 마을은 펌프로 지하수를 끌어올려 사용하고
있습니다.

geu ma eu reun peom peu ro ji ha su reul kkeu reo ol
lyeo sa yong ha go it seum ni da

那個村莊裡是用幫浦來汲取地下水使用的。

👑 頁 　名詞

페이지(page) 　pe i ji

例 시험 범위는 1페이지부터 120페이지까지야.
si heom beom wi neun il pe i ji bu teo baek I sib pe i ji
kka ji ya
考試範圍是從第1頁到120頁。

海報 　名詞

포스터(post) 　po seu teo

例 이 포스터 정말 인상적이에요.
i po seu teo jeong mal rin sang jeo gi e yo
這張海報真是令人印象深刻。

👑 職業/專業/專家

프로(professional) 　peu ro

例 그 연예인은 프로 정신이 엄청나요.
geu yeon ye in eun peu ro jeong sin i eom cheong na
yo
那位藝人的專業精神真的很了不得。

👑 百分率

프로(percent%) 　peu ro

例 이 사과 주스에는 진짜 사과즙이 50프로나
함유되어 있어요..
i sa gwa ju seu e neun jin jja sa gwa jeu bi o sip peu ro
na ham nyu doe eo i seo yo
這個蘋果汁裡面含有約50 %的真正果汁。

• track 091

👑 節目 名詞

프로그램 (program) peu ro geu raem

例 저 예능 프로그램은 요즘 가장 인기가 많아.
jeo ye neung peu ro geu raem eun nyo jeum ga jang
in gi ga ma na
那個綜藝節目現在是最有人氣的。

手電筒 名詞

플래시(flash) peul lae si

例 길이 어두우니까 플래시 좀 켜서 비춰 줄래?
gi ri eo du u ni kka peul lae si jom kyeo seo bi chwo
jul lae
路很暗，可以開一下手電筒照亮嗎？

👑 月台 名詞

플랫폼(platform) peul laet pom

例 부산으로 가는 열차는 2번 플랫폼에서 타야 한대.
bu san eu ro ga neun nyeol cha neun du beon peul
laet pom e seo ta ya han dae
往釜山的火車要在2號月台搭乘。

鋼琴 名詞

피아노(piano) pi a no

例 저는 어릴 때부터 피아노를 배웠습니다.
jeo neun eo ril ttae bu teo pi a no reul bae wot seum
ni da
我從小時候就開始學鋼琴。

手提包 名詞

핸드백(handbag) haen deu baek

例 예쁜 핸드백을 사고 싶어요.

ye ppeun haen deu bae geul sa go si peo yo

我想買漂亮的手提包。

水管 名詞

호스(hose) ho seu

例 소방관들은 소방 호스로 물을 뿌려 불을
껐습니다.

so bang gwan deu reun so bang ho seu ro mu reul
ppu ryeo bu reul kkeot seum ni da

消防員用消防水管灑水來滅火。

第三章
純韓語

👑 靠近/親近 副詞

가까이 ga kka i

例 우리 할머니 댁은 우리 집과 가까이 있어.
u ri hal meo ni dae geun u ri jip gwa ga kka i i seo
奶奶家離我們家很近。

偶爾/有時/時常 副詞

가끔 ga kkeum

例 나는 가끔 혼자 영화 보기를 좋아해.
na neun ga kkeum hon ja yeong hwa bo gi reul jo a hae
我偶爾喜歡一個人去看電影。

去/走 動詞

가다 ga da

例 내일 개학해서 내일부터 학교에 가야 돼.
nae il gae ha kae seo nae il bu teo hak gyo e ga ya dwae
明天開學,所以從明天開始要去學校。

👑 滿滿/充滿 形容詞

가득하다 ga deu ka da

例 방 안이 좋은 냄새로 가득하네.
bang an i jo eun naem sae ro ga deu ka ne
房間裡面充滿了香味呢。

● track 093

👑 教/教導 動詞

가르치다 ga reu chi da

例 동생이 모르는 수학 문제를 물어봐서 가르쳐 주고 있었어.

dong saeng i mo reu neun su hak mun je reul mu reo bwa seo ga reu chyeo ju go i seo seo

我正在教弟弟(妹妹)他不會的數學問題。

靜靜地/紋風不動地/默不作聲地 副詞

가만히 ga man hi

例 공공장소에서는 아이들을 가만히 있게 해야 해요.

gong gong jang so e seo neun a i deu reul ga man hi it ge hae ya hae yo

在公共場所應該要讓自己的小孩不要亂跑保持安靜。

中間/當中 名詞

가운데 ga un de

例 저 운동장 가운데에 있는 학생은 이름이 뭐니?

jeo un dong jang ga un de e in neun hak saeng eun i reum i mwo ni

在運動場中央的那名學生名字是什麼?

👑 帶來 動詞

가져오다 ga jyeo o da

例 내일 학교에 올 때 색연필과 흰 종이를 꼭 가져오세요.

nae il hak gyo e ol ttae saeng nyeon pil gwa huin jong i reul kkok ga jyeo o se yo

明天請務必帶彩色鉛筆和白紙來學校。

拿/擁有 動詞

가지다 ga ji da

例 네 가방은 내가 잠시 가지고 있을 테니까
화장실에 얼른 다녀와.

ne ga bang eun nae ga jam si ga ji go i seul te ni kka
hwa jang si re eol leun da nyeo wa

我幫你暫時拿一下包包你趕快去上廁所吧。

各自/分別 副詞

각각 gak gak

例 모든 사람들은 그 사람들 각각의 매력을 가지고
있다.

mo deun sa ram deu reun geu sa ram deul gak ga gui
mae ryeo geul ga ji go it da

每一個人都有他各自的魅力。

懇切地 副詞

간절히 gan jeol hi

例 우리 엄마는 동생이 대학교에 합격하기를 간절히
바라고 계셔.

u ri eom ma neun dong saeng i dae hak gyo e hap
gyeo ka gi reul gan jeol hi ba ra go gye syeo

我的媽媽懇切地希望我弟弟(妹妹)能夠上大學。

價值/代價/價錢 名詞

값 gap

例 이 구두는 값이 너무 비싸요.

i gu du neun gap si neo mu bi ssa yo

這雙皮鞋價格太貴。

185

● track 094

小狗 名詞

강아지 gang a ji

例 강아지를 데리고 산책을 나갈까?

gang a ji reul de ri go san chae geul la gal kka

你要不要帶小狗出去散步？

一樣/如同 形容詞

같다 gat da

例 오늘 내가 입은 옷 색깔이 너랑 같네!

o neul lae ga i beun ot saek kka ri neo rang gan ne

我今天穿的衣服跟你的顏色一樣耶！

一起 副詞

같이 ga chi

例 우리 주말에 같이 영화 볼까?

u ri ju ma re ga chi yeong hwa bol kka

我們週末要不要一起去看電影呢？

一般 助詞

같이 ga chi

例 나는 우리 아빠같이 자상한 남자랑 결혼할 거야.

na neun u ri a ppa ga chi ja sang han nam ja rang
gyeol hon hal geo ya

我要跟像我爸爸一樣慈祥的男生結婚。

👑 大部分/幾乎 名詞

거의 geo ui

例 이제 거의 다 도착했어요!

i je geo ui da do cha kae seo yo

現在幾乎快到了！

👑 走路/行走 動詞

걷다 geot da

例 점심 먹고 배부른데, 우리 공원 좀 걷지 않을래?

jeom sim meok go bae bu reun de u ri gong won jom
geot ji a neul lae

午餐過後很飽我們要不要到公園散散步呢？

步/步伐 名詞

걸음 geo reum

例 내 친구는 걸음이 너무 빨라서 같이 걸으면 정말
힘들어.

nae chin gu neun geo reum i neo mu ppal la seo ga
chi geo reu myeon jeong mal him deu reo

我的朋友走路非常的快所以跟他一起走路有點辛苦。

黑 形容詞

검다 geom da

例 요즘 햇볕이 너무 강해서, 피부가 검게 탔어요.

yo jeum haet byeo chi neo mu gang hae seo pi bu ga
geom ge ta seo yo

最近日曬非常強烈皮膚都晒黑了。

● track 095

👑 代替事物/的(東西) 不完全代名詞

것 geot

例 목감기에 걸렸을 때는 따뜻한 것을 많이 먹어야
해.

mok gam gi e geol lyeo seul ttae neun tta tteu tan
geos eul ma ni meo geo ya hae

傷風感冒的時候要喝多喝一些熱的東西。

👑 加上/再加上 副詞

게다가 ge da ga

例 그 사람은 공부를 잘 해. 게다가 얼굴도 예뻐.

geu sa ram eun gong bu reul jal hae ge da ga eol gul
do ye ppeo

那個人功課很好而且臉蛋又漂亮。

懶惰 名詞

게으름 ge eu reum

例 게으름 피우지 말고 매일매일 열심히 살아야
해요.

ge eu reum pi u ji mal go mae il mae il lyeol sim hi sa
ra ya hae yo

不要懶惰，每天每天要努力的生活。

情況 名詞

경우 gyeong u

例 이런경우에는 어떻하죠?

i reon gyeong u e neun eo tteo ka jyo

這種情況怎麼辦？

旁邊/身邊 名詞

곁 gyeot

例 내가 슬펐을 때, 그 친구가 내 곁에서 계속 날
위로해 줬어.
nae ga seul peo seul ttae geu chin gu ga nae gyeo te
seo gye sok nal rwi ro hae jwo seo
我傷心的時候那個朋友在我的身邊不斷的安慰我。

溪谷/山谷 名詞

계곡 gye gok

例 여름 휴가에 계곡으로 놀러 갔는데, 물이 아주
맑았어.
yeo reum hyu ga e gye go geu ro nol leo gan neun de
mu ri a ju mal ga seo
放暑假的時候我到溪邊玩耍，水好清澈。

謝謝 形容詞

고맙다 go map da

例 내 부탁을 들어 주어서 정말 고마워요!
nae bu ta geul deu reo ju eo seo jeong mal go ma wo
yo
謝謝你答應我的請求。

香/香噴噴；痛快 形容詞

고소하다 go so ha da

例 이 땅콩 과자는 정말 고소하다!
i ttang kong gwa ja neun jeong mal go so ha da
這個花生餅乾真的好香啊！

189

● track 096

👑 **立刻，馬上** 副詞

곧 got

例 곧 밤 12시인데, 언제 집에 돌아올 거니?
got bam yeol du si in de eon je ji be do ra ol geo ni
已經快要半夜12點了你什麼時候才回家呢?

挨餓/苦悶 動詞

곯다 gol ta

例 돈이 없어서 배를 곯아야 했다.
do ni eop seo seo bae reul go ra ya haet da
我沒有錢得要挨餓了。

仔細/細細 副詞

곰곰이 gom gom i

例 곰곰이 앉아서 한참 동안 생각해 봤는데도 그
문제는 해결책을 찾기 힘들었다.
gom gom i an ja seo han cham dong an saeng ga kae
bwan neun de do geu mun je neun hae gyeol chae
geul chat gi him deu reot da
我坐下來仔細地思考好一陣子但是仍然找不出解決問題的對策。

👑 **地方/所在** 名詞

곳 got

例 한국 여행을 가면 많은 곳들을 둘러보고 싶어요.
han guk nyeo haeng eul ga myeon ma neun got deu
reul dul leo bo go si peo yo
去韓國旅行的話我想要參觀好多地方。

👑 讀書 動詞

공부하다 gong bu ha da

例 시험이 내일이라서 오늘 하루 종일 공부했어요.
si heom i nae i ri ra seo o neul ha ru jong il gong bu hae seo yo

明天要考試了，今天一整天我都在讀書。

👑 免費/便宜 名詞

공짜 gong jja

例 이벤트에 당첨되어서 공짜 비행기 티켓을 얻었다.
i ben teu e dang cheom doe eo seo gong jja bi haeng gi ti kes eul reo deot da

我在活動當中中獎，得到免費的機票了。

👑 參觀/觀賞 動詞

구경하다 gu gyeong ha da

例 나 타이완의 야시장을 구경하고 싶어요.
na ta i wan ui ya si jang eul gu gyeong ha go si peo yo

我想要參觀台灣的夜市。

👑 和 助詞

과 gwa

例 수영이는 점심으로 스파게티와 빵, 그리고 과일과 스프를 먹었다.
su yeong i neun jeom sim eu ro seu pa ge ti wa ppang geu ri go gwa il gwa seu peu reul meo geot da

秀英中餐吃義大利麵和麵包還有水果和湯。

● track 097

👑 沒關係/還好/不錯/還可以 形容詞

괜찮다 gwaen chan ta

例 시험을 조금 못 봐도 괜찮아.
si heom eul jo geum mot bwa do gwaen cha na
考試考得有點不好也沒關係。

非常/特別/相當 副詞

굉장히 goeng jang hi

例 안동 하회마을은 관광객들에게 굉장히 유명하다.
an dong ha hoe ma eu reun gwan gwang gaek deu re
ge goeng jang hi yu myeong ha da
安東花卉村莊對觀光客而言相當有名。

麵/麵條 名詞

국수 guk su

例 이 국수의 면은 정말 얇고 맛있어.
i guk su ui myeon eun jeong mal lyal go man ni seo
這碗湯裡的麵真的很薄很好吃。

👑 可愛/討人喜歡 形容詞

귀엽다 gwi yeop da

例 우리 막냇동생은 애교가 정말 많아서 너무
귀여워.
u ri mang naet dong saeng eun ae gyo ga jeong mal
ma na seo neo mu gwi yeo wo
我最小的弟弟(妹妹)很會撒嬌真的很可愛。

就那樣/照樣/白白的/只不過 副詞

그냥 geu nyang

例 그냥 두세요.
geu nyang du se yo
就那樣擱著吧。

- -

例 그냥 심심해서 전화를 했어요.
geu nyang sim sim hae seo jeon hwa reul hae seo yo
只是因為無聊所以打電話。

你/您 代名詞

그대 geu dae

例 그대를 세상 그 누구보다 사랑합니다.
geu dae reul se sang geu nu gu bo da sa rang ham ni da
我愛你,比全世界的任何人,我更愛你。

照樣地/原原本本地/原封不動地 副詞

그대로 geu dae ro

例 어디 가지 말고 여기 그대로 있어.
eo di ga ji mal go yeo gi geu dae ro i seo
你不要去別的地方待在這裡就好。

那時候 名詞

그때 geu ttae

例 우리 그때 시켜 먹었던 치킨집 전화번호
기억하니?
u ri geu ttae si kyeo meo geot deon chi kin jip jeon
hwa beon ho gi eo ka ni
我們那時候叫炸雞外送的電話你記得嗎?

● track 098

及時/每個時候 副詞

그때그때 geu ttae geu ttae

例 그때그때 상황에 알맞은 말을 사용해야 해요.

geu ttae geu ttae sang hwang e al ma jeun ma reul sa yong hae ya hae yo

每個時候都要按照情況說出適當的話。

對/好/是啊/是嗎 嘆詞

그래 geu rae

例 그래, 그거 내 가방이야.

geu rae geu geo nae ga bang i ya

是啊，那是我的包包。

那樣/那麼 副詞

그러고 geu reo go

例 먼저 숙제를 모두 끝내. 그러고 나서 놀도록 해.

meon jeo suk je reul mo du kkeun nae geu reo go na seo nol do ro kae

先把作業都做完然後再去玩。

可是/但是/不過 副詞

그러나 geu reo na

例 나는 지각할까 봐 정말 열심히 뛰었다. 그러나 버스가 이미 출발해 버려서 또 지각하고 말았다.

na neun ji ga kal kka bwa jeong mal lyeol sim hi ttwi eot da geu reo na beo seu ga i mi chul bal hae beo ryeo seo tto ji ga ka go ma rat da

我怕會遲到所以真的很努力的跑，但是巴士已經出發了所以又遲到了。

因此/所以　嘆詞

그러니　geu reo ni

例 엄마가 오늘 많이 아프셔. 그러니 네가 설거지 좀
하렴.

eom ma ga o neul ma ni a peu syeo geu reo ni ne ga
seol geo ji jom ha ryeom

媽媽今天真的很不舒服。所以你可以幫忙洗碗嗎？

👑 所以/換句話說　嘆詞

그러니까　geu reo ni kka

例 너는 패스트푸드를 너무 많이 먹어. 그러니까
살이 찌지!

neo neun pae seu teu pu deu reul leo mu ma ni meo
geo geu reo ni kka sa ri jji ji

你就是速食吃太多了，所以才會變胖啊！

那就/那樣的話/這樣的話　副詞

그러면　geu reo myeon

例 이번에 시험에 꼭 합격하도록 해. 그러면 엄마가
네게 용돈을 더 줄게.

i beon e si heom e kko kap gyeo ka do ro kae geu reo
myeon eom ma ga ne ge yong don eul deo jul ge

**這次考試一定要及格，這樣媽媽才會給我更多零用
錢。**

• track 099

那樣/就是那樣 形容詞

그러하다 geu reo ha da

例 대만의 여름은 무척 덥다고 들었는데 여행을 가
보니 정말 그러했다.

dae man ui yeo reum eun mu cheok deop da go deu
reon neun de yeo haeng eul ga bo ni jeong mal geu
reo haet da

**聽說台灣的夏天非常的炎熱，來旅行之後發現真的是
那樣。**

可是/不過/但是 副詞

그런데 geu reon de

例 모두들 제시간에 다 모였네! 그런데 수진이는 왜
늦는 거지?

mo du deul je si gan e da mo yeon ne geu reon de su
jin i neun wae neun neun geo ji

**大家都在指定的時間聚集起來了！可是秀真為什麼遲
到了呢？**

(그러면的省略)那/那就/那麼/那樣的話 副詞

그럼 geu reom

例 이 옷이 맘에 안 드신다면, 그럼 이건 어떠신가요?

i on ni mam e an deu sin da myeon geu reom i geon
eo tteo sin ga yo

如果這件衣服不合你的心意，那這一件如何？

但是/即使如此/然而 副詞

그렇지만 geu reo chi man

例 오늘 시험이 있어서 어제 밤새도록 공부를
했다. 그렇지만 시험 문제는 내게 너무 어려운
수준이었다.

o neul si heom i i seo seo eo je bam sae do rok gong
bu reul haet da geu reo chi man si heom mun je neun
nae ge neo mu eo ryeo un su jun i eot da

**因為今天有考試所以昨天晚上熬夜讀書了。但是考試
的題目對我而言真的是太難了。**

畫/描繪；想念/思念 動詞

그리다 geu ri da

例 우리 언니는 화가인데, 매일 길에 나가서
사람들의 모습을 그린다.

u ri eon ni neun hwa ga in de mae il gi re na ga seo sa
ram deu rui mo seu beul geu rin da

我的姐姐是畫家，她每天都在路上畫出人們的模樣。

想念/懷念/思念 動詞

그리워하다 geu ri wo ha da

例 유학 생활을 오래 하면 당연히 고향을 그리워하게
된다.

yu hak saeng hwa reul ro rae ha myeon dang yeon hi
go hyang eul geu ri wo ha ge doen da

留學生活很久的話當然會思念故鄉。

197

● track 100

畫 名詞

그림 geu rim

例 미술관에 멋지고 비싼 그림들이 많아.

mi sul gwan e meot ji go bi ssan geu rim deu ri ma na

美術館有許多很帥氣又很貴的畫。

簡直/實在/的確 副詞

그야말로 geu ya mal lo

例 먹을 것을 좋아하는 나에게 뷔페는 그야말로
천국이 따로 없어!

meo geul geos eul jo a ha neun na e ge bwi pe neun
geu ya mal lo cheon gu gi tta ro eop seo

對於喜歡吃的我而言，歐式自助餐簡直就是天國！

👑 字/文字/文章/學問 名詞

글 geul

例 글 쓰는 연습을 열심히 해서 나중에 꼭 책을 쓸
거야.

geul sseu neun nyeon seu beul lyeol sim hi hae seo na
jung e kkok chae geul sseul geo ya

努力的練習寫文章，之後一定要來寫書。

👑 這個嘛/很難説 嘆詞

글쎄 geul sse

例 글쎄, 내가 그 날 시간이 있으려나?

geul sse nae ga geu nal si gan i i seu ryeo na

這個嘛，我那天有時間嗎？

高興 動詞

기뻐하다 gi ppeo ha da

例 내가 회사에 취직하자 부모님께서 기뻐하셨다.

nae ga hoe sa e chwi ji ka ja bu mo nim kke seo gi ppeo ha syeot da

我找到工作了，所以父母很高興。

剝/嗑/抱/扣/砸/瞪/灌 動詞

까다 kka da

例 내 친구는 초콜릿을 까서 내게 하나 주었다.

nae chin gu neun cho kol li seul kka seo nae ge ha na ju eot da

我的朋友剝了一片巧克力給我。

剝來吃/花光/忘記 動詞

까먹다 kka meok da

例 너한테 일찍 연락을 줬어야 하는 건데, 까먹어 버렸어!

neo han te il jjik nyeol la geul jwo seo ya ha neun geon de kka meo geo beo ryeo seo

我本來想說要一點聯絡你的，我忘了。

擁抱/摟抱 動詞

껴안다 kkyeo an da

例 동생이 너무 귀여워서 꼭 껴안아 주었다.

dong saeng i neo mu gwi yeo wo seo kkok kkyeo an a ju eot da

弟弟(妹妹)實在太可愛了，我緊緊的抱住他。

● track 101

一定/務必;剛剛好;緊緊地 副詞

꼭 kkok

例 내일은 아침 8시까지 꼭 학교에 오세요!
nae i reun a chim yeo deol si kka ji kko kak gyo e o se yo
明天早上8點一定要到學校來！

插(花)/卡住/別(別針) 動詞

꽂다 kkot da

例 케이크에 초를 꽂고 친구 생일 파티 준비를 했다.
ke i keu e cho reul kkot go chin gu saeng il pa ti jun bi reul haet da
我們在蛋糕上插了蠟燭準備朋友的生日派對。

花 名詞

꽃 kkot

例 우리 할머니는 꽃 키우는 것을 정말 좋아하셔서
집에 꽃이 참 많아.
u ri hal meo ni neun kkot ki u neun geos eul jeong mal jo a ha syeo seo ji be kko chi cham ma na
我們的奶奶很喜歡種花所以家裡有很多花。

緊緊/使勁/滿滿 副詞

꽉 kkwak

例 이 바지는 너무 꽉 껴서 입을 수가 없어.
i ba ji neun neo mu kkwak kkyeo seo i beul su ga eop seo
這件褲子太緊了沒有辦法穿。

頗/相當/好 副詞

꽤 kkwae

例 용돈을 꽤 많이 모아서 이번 방학 때는 해외
여행을 가려고 해.
yong don eul kkwae ma ni mo a seo i beon bang hak
ttae neun hae oe yeo haeng eul ga ryeo go hae
我存了相當多的零用錢，這次放假要去海外旅行。

夢/夢想/願望 名詞

꿈 kkum

例 어제 스테이크 먹는 꿈을 꾸었어요.
eo je seu te i keu meong neun kkum eul kku eo seo yo
我昨天夢到我在吃牛排。

盡頭/末端/尾端/最後/結束 名詞

끝 kkeut

例 오늘 수업은 여기서 끝입니다. 모두들 숙제 꼭 해
오세요!
o neul su eo beun nyeo gi seo kkeu chim ni da mo du
deul suk je kko kae o se yo
今天上課就到此為止。大家一定要交作業唷！

夾/插/塞/攬/戴(戒指)/依靠/帶(人)/緊 動詞

끼다 kki da

例 그는 이어폰을 끼고 음악을 듣고 있었어요.
geu neun i eo po neul kki go eu ma geul deut go I seo
seo yo
他那時正戴著耳機在聽音樂。

201

● track 102

們/指同類的一伙 詞尾

끼리 kki ri

例 원래 성격이 비슷한 사람끼리 친해지는 법이야.

wol lae seong gyeo gi bi seu tan sa ram kki ri chin hae ji neun beo bi ya

本來就是個性相似的人們會比較親近，這是不變的道理。

👑 我/自己 代名詞

나 na

例 내일 나랑 같이 노래방 가지 않을래?

nae il la rang ga chi no rae bang ga ji a neul lae

明天你要不要跟我一起去ktv呢？

生/生出/冒出 動詞

나다 na da

例 얼굴에 여드름이 나면 피부 관리를 열심히 해 줘야 해요.

eol gu re yeo deu reum i na myeon pi bu gwal li reul lyeol sim hi hae jwo ya hae yo

臉上如果長出青春痘就要好好管理皮膚才行。

壞/不好 形容詞

나쁘다 na ppeu da

例 나는 머리가 나빠서 사람들 이름을 자주 잊어버려.

na neun meo ri ga na ppa seo sa ram deul ri reum eul ja ju i jeo beo ryeo

我腦筋不太好所以常常忘記人家的名字。

出來／參加／發(書、簽證) 動詞

나오다 na o da

例 비가 오니까 집에서 나올 때 우산 꼭 가지고 와!
bi ga o ni kka ji be seo na ol ttae u san kkok ga ji go wa

下雨了所以出門的時候一定要帶傘。

以後／下次／最後 名詞

나중 na jung

例 나중에 대만에 놀러가면 야시장에 꼭 가자.
na jung e dae man e nol leo ga myeon nya si jang e kkok ga ja

之後去台灣玩的話我們一定要去夜市。

飛／飛揚／逃跑 動詞

날다 nal da

例 닭은 새의 한 종류이지만 날지 못해요.
dal geun sae ui han jong nyu i ji man nal ji mo tae yo

雞是鳥類的一種但是不會飛。

日子 名詞

날짜 nal jja

例 우리가 만나기로 한 날짜가 다가오고 있어.
u ri ga man na gi ro han nal jja ga da ga o go i seo

我們要見面的日子漸漸近了。

• track 103

留下/保留 動詞

남기다 nam gi da

例 그 과자 다 먹지 말고 조금만 남겨 놔.

geu gwa ja da meok ji mal go jo geum man nam gyeo
nwa

餅乾不要全部都吃完，留一些下來。

先生/丈夫/男人 名詞

남편 nam pyeon

例 옆집 아주머니는 남편과 사이가 아주 좋아서 매일
같이 산책을 한다.

yeop jip ba ju meo ni neun nam pyeon gwa sa i ga a
ju jo a seo mae il ga chi san chae geul han da

隔壁的太太跟她先生的感情很好每天都一起去散步。

白天 名詞

낮 nat

例 지금은 너무 늦었으니까, 내일 낮에 다시
이야기하자.

ji geum eun neo mu neu jeo seu ni kka nae il la je da
si i ya gi ha ja

現在太晚了，明天白天的時候我們再聊吧。

生疏/陌生 形容詞

낯설다 nat seol da

例 어릴 적 친구를 10년 만에 다시 만났는데, 얼굴이 너무 많이 바뀌어서 참 낯설었어.

eo ril jeok chin gu reul sip nyeon man e da si man nan neun de eol gu ri neo mu ma ni ba kkwi eo seo cham nat seo reo seo

小時候的朋友隔了10年才再度見面因為臉已經變了很多，有點陌生。

眼熟/面熟 形容詞

낯익다 na chik da

例 그 사람 참 낯익다 했는데, 전에 한 번 만난 적이 있었던 사람이더라.

geu sa ram cham na chik da haen neun de jeon e han beon man nan jeo gi i seot deon sa ram i deo ra

我就覺得那個人很面熟，原來是之前見過面的人。

我 代名詞

내 nae

例 이건 내가 어제 사 온 바지야.

i geon nae ga eo je sa on ba ji ya

這是我昨天買的褲子。

下/下降/降落 動詞

내려가다 nae ryeo ga da

例 엘리베이터를 타고 1층까지 내려가자.

el li be i teo reul ta go il cheung kka ji nae ryeo ga ja

我們搭電梯到一樓吧。

● track 104

一直/一向/始終 副詞

내내 nae nae

例 친구는 잠을 못 잤는지, 수업을 듣는 내내 하품을
했다.

chin gu neun jam eul mot jan neun ji su eo beul deun
neun nae nae ha pum eul haet da

同學好像都沒有睡好，上課的時間一直打哈欠。

👑 出(聲)/抽(空)/交(錢、作業)/請客/提交 動詞

내다 nae da

例 내가 계산하려고 했는데 친구가 이미 돈을 내서
나는 후식을 샀다.

nae ga gye san ha ryeo go haen neun de chin gu ga i
mi don eul lae seo na neun hu si geul sat da

**我想去結帳的時候我的朋友已經付錢了，所以我就請
吃點心。**

(表示疑問) 詞尾

냐고 nya go

例 왜 아까 나한테 밥 먹었냐고 물어본 거예요?

wae a kka na han te bap meo geon nya go mu reo bon
geo ye yo

剛才你為什麼問我說吃飯了沒呢？

太/過 副詞

너무 neo mu

例 오늘 날씨가 너무 더워서 땀이 주룩주룩 나네.
o neul lal ssi ga neo mu deo wo seo ttam i ju ruk ju ruk na ne

今天天氣很熱，汗水潺潺的流下來。

寬/寬闊 形容詞

넓다 neol da

例 우리 집에서 제일 넓은 공간은 거실이다.
u ri ji be seo je il leol beun gong gan eun geo si ri da

我們家最寬敞的空間是客廳。

跌倒/摔倒/翻越 動詞

넘어가다 neom eo ga da

例 저 언덕을 넘어가면 우리 동네가 나올 거야.
jeo eon deo geul leom eo ga myeon u ri dong ne ga na ol geo ya

翻越過這個山坡，就會到我們家的村莊。

裝進/裝入/送進 動詞

넣다 neo ta

例 여기에 동전을 넣고 이 버튼을 누르면 자동으로 빨래가 돼.
yeo gi e dong jeon eul leo ko i beo teun eul lu reu myeon ja dong eu ro ppal lae ga dwae

在這邊投下零錢按下按鈕之後，就會自動洗衣服。

● track 105

👑 你 代名詞

네 ne

例 저기 서 계신 분이 네 어머니 아니시니?
jeo gi seo gye sin bun i ne eo meo ni a ni si ni
站在那邊的那一位不是您的母親嗎?

👑 是/啊 嘆詞

네 ne

例 네, 이것은 제가 만든 요리가 맞습니다.
ne i geos eun je ga man deun nyo ri ga mat seum ni
da
是,這是我做的料理沒錯。

唱歌 動詞

노래하다 no rae ha da

例 우리 노래방 가서 노래해요!
u ri no rae bang ga seo no rae hae yo
我們去ktv唱歌!

玩/玩耍 動詞

놀다 nol da

例 아이들이 놀이터에서 재미있게 놀고 있다.
a i deu ri no ri teo e seo jae mi it ge nol go it da
孩子們在遊樂場有趣的玩耍。

作弄／戲弄／耍／玩弄　動詞

놀리다 nol li da

例 자꾸 나 놀리지 말고 진짜 사실을 말해 줘.
ja kku na nol li ji mal go jin jja sa si reul mal hae jwo
你不要一直玩弄我，告訴我事實。

開玩笑／打哈哈　動詞

농담하다 nong dam ha da

例 우리 선생님은 수업 시간에 자주 농담하시는데 정말 재미있어!
u ri seon saeng nim eun su eop si gan e ja ju nong dam ha si neun de jeong mal jae mi i seo
我們老師上課的時候常常開玩笑，真的很有趣。

高　形容詞

높다 nop da

例 저 산은 우리나라에서 제일 높은 산이야.
jeo san eun u ri na ra e seo je il lo peun san i ya
那座山是我們國家最高的山。

放置／擱置　動詞

놓다 no ta

例 여기에 가방이랑 짐을 놓으면 됩니다.
yeo gi e ga bang i rang jim eul lo eu myeon doem ni da
包包和行李可以放在這邊。

● track 106

按/按奈/壓迫 動詞

누르다 nu reu da

例 벨트가 배를 너무 눌러서 소화가 잘 안 돼요.
bel teu ga bae reul leo mu nul leo seo so hwa ga jal
ran dwae yo
因為緊安全帶太壓迫了所以消化不良。

眼 名詞

눈 nun

例 눈이 아프면 안과에 가야 해.
nun i a peu myeon an gwa e ga ya hae
眼睛痛的話要去看眼科。

👑 雪 名詞

눈 nun

例 열대 지방의 나라들에는 눈이 내리지 않는다고
해.
yeol dae ji bang ui na ra deu re neun nun i nae ri ji an
neun da go hae
聽說熱帶的國家不會下雪。

👑 眼神 名詞

눈빛 nun bit

例 그 친구 이번 시험에 꼭 합격하겠다더니 눈빛이
아주 예사롭지 않더라구.
geu chin gu i beon si heom e kko kap gyeo ka get da
deo ni nun bi chi a ju ye sa rop ji an teo ra gu
**那位朋友下定決心這次考試一定要及格，他的眼神非
比尋常。**

閉目/閉眼 動詞

눈감다 nun gam da

例 좀 피곤하면 잠시 여기 앉아서 눈감고 있어.
jom pi gon ha myeon jam si yeo gi an ja seo nun gam
go i seo
如果你有點累的話可以在這邊坐下來閉目養神。

睜眼/睜開眼睛 動詞

눈뜨다 nun tteu da

例 처음으로 유럽 여행을 갔는데, 새로운 세상에
눈뜨게 되었어.
cheo eum eu ro yu reop byeo haeng eul gan neun de
sae ro un se sang e nun tteu ge doe eo seo
我第一次到歐洲旅行，對於新世界打開了眼睛。

耀眼/絢爛/奪目 形容詞

눈부시다 nun bu si da

例 햇빛이 너무 밝아서 눈부셔.
haet bi chi neo mu bal ga seo nun bu syeo
陽光太亮了很刺眼。

眼色/神色/臉色 名詞

눈치 nun chi

例 어제 동생에게 화를 냈더니 동생이 하루 종일 내
눈치를 보더라.
eo je dong saeng e ge hwa reul laet deo ni dong saeng
i ha ru jong il lae nun chi reul bo deo ra
**昨天我對弟弟(妹妹)發脾氣，今天他一整天都看著我
的臉色。**

Chapter 3
純韓語

● track 107

躺/臥 動詞

눕다 nup da

例 배가 아프면 잠시 누워서 쉬도록 해.
bae ga a peu myeon jam si nu wo seo swi do ro kae
肚子痛的話可以暫時躺下來休息。

(表示疑問) 詞尾

느냐 neu nya

例 내일 날씨는 우리가 소풍을 가느냐 마느냐 하는
문제에 중요한 영향을 끼칠 거야.
nae il lal ssi neun u ri ga so pung eul ga neu nya ma
neu nya ha neun mun je e jung yo han nyeong hyang
eul kki chil geo ya
我們明天要不要去郊遊，天氣將是重要的影響因素。

慢/緩慢 形容詞

느리다 neu ri da

例 거북이보다 달팽이가 훨씬 느리다.
geo bu gi bo da dal paeng i ga hwol ssin neu ri da
跟烏龜比起來蝸牛還要更慢呢。

遲到/來不及 動詞、形容詞

늦다 neut da

例 친구와의 약속에 늦어서 친구가 화가 많이 났어.
chin gu wa ui yak so ge neu jeo seo chin gu ga hwa ga
ma ni na seo
因為跟朋友約好遲到了，朋友很生氣。

睡懶覺/貪睡/晚起 名詞

늦잠 neut jam

例 오늘 늦잠을 자서 수업에 지각하고 말았어.

o neul leut jam eul ja seo su eo be ji ga ka go ma ra seo

今天睡過頭結果上課遲到了。

表示疑問(比냐更隨和)

니 ni

例 뭐하니?

mwo ha ni

你在做什麼呢？

表示原因/發現的連接詞 連接助詞

니 ni

例 오늘은 날씨가 너무 추우니 두꺼운 코트를 입고 나와.

o neu reun nal ssi ga neo mu chu u ni du kkeo un ko teu reul rip go na wa

今天天氣很冷，要穿厚外套出門喔。

表示原因或根據(的強調形式)，
表示進一步陳述另一事實 連接詞尾

니까 ni kka

例 너는 감기에 걸렸으니까 찬물을 마시면 안 돼.

neo neun gam gi e geol lyeo seu ni kka chan mu reul ma si myeon an dwae

你感冒了所以不可以喝冰水。

● track 108

👑 都

다 da

例 저기 있는 과자는 전부 다 내가 산 거야.
jeo gi in neun gwa ja neun jeon bu da nae ga san geo
ya
在那裡的餅乾全部都是我買的。

👑 去了回來 動詞

다녀오다 da nyeo o da

例 학교 다녀오겠습니다!
hak gyo da nyeo o get seum ni da
我去上學囉。

來往/過往/往返 動詞

다니다 da ni da

例 우리 언니는 서울에 있는 회사에 다녀요.
u ri eon ni neun seo u re in neun hoe sa e da nyeo yo
我的姊姊在首爾的公司上班。

順/修/修整 動詞

다듬다 da deum da

例 미용실에 가서 머리를 다듬으려고 해.
mi yong si re ga seo meo ri reul da deum eu ryeo go
hae
我要去美髮沙龍修一下頭髮。

不同/相異 形容詞

다르다 da reu da

例 나와 내 동생은 쌍둥이지만 성격이 정말 달라.

na wa nae dong saeng eun ssang dung i ji man seong gyeo gi jeong mal dal la

我跟弟弟(妹妹)雖然是雙胞胎，但個性非常不一樣。

就/光/只是/單單 副詞

다만 da man

例 난 배가 고픈 게 아니고, 다만 조금 출출할 뿐이야.

nan bae ga go peun ge a ni go da man jo geum chul chul hal ppun i ya

我不是肚子餓，只是有一點點餓。

治理/掌管/管理 動詞

다스리다 da seu ri da

例 그 왕은 나라를 평화롭게 다스려서 후손들에게 성군이라고 평가받습니다.

geu wang eun na ra reul pyeong hwa rop ge da seu ryeo seo hu son deu re ge seong gun i ra go pyeong ga bat seum ni da

那位王很和平的治理了國家，後代將他評價為賢君。

重複/又/再 副詞

다시 da si

例 내일 다시 오겠습니다.

nae il da si o get seum ni da

我明天再來。

● track 109

👑 下次/以後/然後 名詞

다음 da eum

例 다음 번에는 제가 식사를 대접하도록 할게요.
da eum beon e neun je ga sik sa reul dae jeo pa do ro
kal ge yo
下次換我請客。

👑 下決心/追問 動詞

다짐하다 da jim ha da

例 나는 올해부터 담배를 끊기로 다짐했습니다.
na neun ol hae bu teo dam bae reul kkeun ki ro da jim
haet seum ni da
我今年下定決心要戒菸。

受傷/觸犯/損害 動詞

다치다 da chi da

例 어제 뛰어가다가 넘어져서 다리를 다쳤어요.
eo je ttwi eo ga da ga neom eo jyeo seo da ri reul da
chyeo seo yo
昨天跑一跑跌倒，腳受傷了。

👑 做完/完畢/結束 動詞

다하다 da ha da

例 최선을 다하겠습니다.
choe seon eul da ha get seum ni da
我會盡全力做到最好的。

擦/抹/擤/刷/鋪平/修築/琢磨　動詞

닦다　dak da

例 창문이 더러우니까 걸레로 좀 닦아 주세요.

chang mun i deo reo u ni kka geol le ro jom da kka ju se yo

窗戶髒了，請用抹布擦一擦。

帶/戴/佩/掛/跟隨/量/索求　動詞
甜　形容詞

달다　dal da

例 벽에 어제 산 시계를 달려고 해요.

byeo ge eo je san si gye reul dal lyeo go hae yo

我準備把昨天買的時鐘掛在牆上。

例 이 음료수는 설탕을 많이 넣어서 너무 달아요.

i eum nyo su neun seol tang eul ma ni neo eo seo neo mu da ra yo

這杯飲料放太多糖了，所以太甜。

跑/奔馳；帶有；不足　動詞

달리다　dal li da

例 그는 버스가 도착한 것을 보고 빠르게 달렸다.

geu neun beo seu ga do cha kan geos eul bo go ppa reu ge dal lyeot da

他看見巴士來了，所以很快地跑步。

● track 110

月光/月色 名詞

달빛 dal bit

例 오늘밤은 달빛이 참 밝네!
o neul bam eun dal bi chi cham bang ne
今天晚上月光很亮。

甜蜜/甜美 形容詞

달콤하다 dal kom ha da

例 케이크 위의 크림이 정말 달콤해요!
ke i keu wi ui keu rim i jeong mal dal kom hae yo
蛋糕上的奶油真的很甜。

浸泡/醃漬 動詞

담그다 dam geu da

例 계곡물에 발을 담그고 놀았어요.
gye gong mu re ba reul dam geu go no ra seo yo
我把腳浸在溪水中玩耍。

盛裝/寄託 動詞

담다 dam da

例 이 바구니에 살 물건을 담아 주세요.
i ba gu ni e sal mul geon eul dam a ju se yo
請把要買的東西放到這個袋子裡面。

清澈/明亮/平靜 形容詞

담담하다 dam dam ha da

例 다른 사람들은 모두 놀라고 충격 받았지만 그는 담담했다.

da reun sa ram deu reun mo du nol la go chung gyeok ba dat ji man geu neun dam dam haet da

其他人都驚嚇受到衝擊他卻很平靜。

悶/憋/煩/焦急 形容詞

답답하다 dap da pa da

例 이 도시는 공기가 너무 나빠서 숨쉬기 답답해요.

i do si neun gong gi ga neo mu na ppa seo sum swi gi dap da pae yo

這個都市的空氣很不好所以悶悶的。

對待/招待/請客 動詞

대접하다 dae jeo pa da

例 엄마는 손님들에게 차와 쿠키, 과일 등을 대접하셨다.

eom ma neun son nim deu re ge cha wa ku ki gwa il deung eul dae jeo pa syeot da

媽媽拿茶、餅乾還有水果等招待客人。

動手/貼/著手/供應 動詞

대다 dae da

例 박물관에 전시된 물건에 손을 대지 마세요.

bang mul gwan e jeon si doen mul geon e son eul dae ji ma se yo

在博物館裡展示的東西不要用手去碰。

● track 111

按照/隨 名詞

대로 dae ro

例 들은 대로 말해 봐요.
deu reun dae ro mal hae bwa yo
照你聽見的說出來。

尚且/況且 副詞

더구나 deo gu na

例 눈이 오는데 더구나 버스까지 오지 않아서 나는 오들오들 떨며 길에 서 있었어요.
nun i o neun de deo gu na beo seu kka ji o ji a na seo na neun o deu ro deul tteol myeo gi re seo i seo seo yo
下雪又加上巴士不來所以我在路邊哆哆嗦嗦發抖站著。

表示原因/根據 詞尾

더니 deo ni

例 그 친구는 한국에 가서 공부하더니 한국어가 무척 유창해졌어!
geu chin gu neun han gu ge ga seo gong bu ha deo ni han gu geo ga mu cheok nyu chang hae jyeo seo
那位朋友到韓國去學韓語，結果韓語變得非常的流暢。

愈/更/更加 副詞

더욱 deo uk

例 타지에서 생일을 맞으니, 가족이 더욱 그리워요.
ta ji e seo saeng i reul ma jeu ni ga jo gi deo uk geu ri wo yo
身在異鄉適逢生日，更加覺得思念家人。

更伸/更重/更嚴重 形容詞

더하다 deo ha da

例 저번 주부터 추위가 갈수록 더하네요.
jeo beon ju bu teo chu wi ga gal su rok deo ha ne yo
從上個禮拜開始越來越冷了耶。

加/加入/增加 動詞

더하다 deo ha da

例 2에 3을 더하면 5입니다.
i e sam eul deo ha myeon o im ni da
二加三等於五。

減輕/減少 形容詞

덜하다 deol ha da

例 이 라면은 다른 것보다 매운 맛이 덜해요.
i ra myeon eun da reun geot bo da mae un man ni
deol hae yo
這個泡麵比別的還要不辣。

熱/暑 形容詞

덥다 deop da

例 대만의 여름은 습기가 매우 높아서 한국보다 훨씬
더워요.
dae man ui yeo reum eun seup gi ga mae u no pa seo
han guk bo da hwol ssin deo wo yo
台灣的夏天因為濕氣很高，所以比韓國還要更熱。

● track 112

👑 地方/表示事情/情況 名詞

데 de

例 갑자기 비가 오는데, 우산 빌릴 데 어디 없나?

gap ja gi bi ga o neun de u san bil lil de eo di eom na

突然下起雨來了哪裡可以借雨傘呢？

例 이 과제를 끝내는 데 5일이면 되겠니?

i gwa je reul kkeun nae neun de o i ri myeon doe gen ni

這個作業大概做五天可以嗎？

例 이 어플리케이션은 어떤 데 쓰는 거예요?

i eo peul li ke i syeonappeun eo tteon de sseu neun geo ye yo

這個app什麼時候使用呢？

帶去 動詞

데려가다 de ryeo ga da

例 다음에는 맛있는 것 먹으러 갈 때 나도 꼭 데려가 줘~!

da eum e neun man nin neun geot meo geu reo gal ttae na do kkok de ryeo ga jwo~

下次要去吃好吃的時候請一定要帶我去喔！

帶/帶領 動詞

데리다 de ri da

例 나는 매일 동생을 데리러 유치원에 갑니다.

na neun mae il dong saeng eul de ri reo yu chi won e gam ni da

我每天都去幼稚園帶弟弟(妹妹)回來。

也/表示強調　助詞

도　do

例 오늘 저녁으로 삼겹살도 먹고 갈비도 먹었어요.
o neul jeo nyeo geu ro sam gyeop sal do meok go gal bi do meo geo seo yo
今天晚上我也吃了韓國烤肉也吃了排骨。

倒是/到底/究竟　副詞

도대체　do dae che

例 도대체 이 문제는 어떻게 풀어야 할까?
do dae che i mun je neun eo tteo ke pu reo ya hal kka
這個問題到底要怎麼解決呢？

用於謂詞詞幹之後的連接詞尾/
表示(達到的程度)/表示(目標、方向)　詞尾

도록　do rok

例 밤 12시가 되도록 집에 들어오지 않고 무엇을 하는 거니?
bam yeol du si ga doe do rok ji be deu reo o ji an ko mu eos eul ha neun geo ni
都已經到了晚上12點還不回家你在做什麼？

批發 名詞

도매 do mae

例 그 시장은 도매 가격으로 물건을 팔아서 다른 곳보다 훨씬 저렴한 가격에 물건을 살 수 있어요.

geu si jang eun do mae ga gyeo geu ro mul geon eul pa ra seo da reun got bo da hwol ssin jeo ryeom han ga gyeo ge mul geon eul sal su i seo yo

那一個市場是以批發價來賣東西的，所以比其他地方更可以買到價格便宜的東西。

幫忙/協助 名詞

도움 do um

例 제 친구는 부모님의 도움 없이 아르바이트를 해서 용돈을 법니다.

je chin gu neun bu mo nim ui do um eop si a reu ba i teu reul hae seo yong don eul beom ni da

那個朋友沒有得到父母的幫助自己打工來賺零用錢。

回頭看/回顧/回憶 動詞

돌아보다 do ra bo da

例 나는 누군가 내 이름을 부른 것 같아서 뒤를 돌아보았다.

na neun nu gun ga nae i reum eul bu reun geot ga ta seo dwi reul do ra bo at da

好像有人叫我的名字所以我轉頭回去看。

例 올 한 해를 돌아보니 즐거운 일이 참 많았어요.

ol han hae reul do ra bo ni jeul geo un i ri cham ma na seo yo

回顧今年有許多令人高興的事情。

轉動/開動/運轉 動詞

돌다 dol da

例 나는 매일 저녁 공원을 몇 바퀴 돌며 산책합니다.
na neun mae il jeo nyeok gong won eul myeot ba kwi dol myeo san chae kam ni da
我每天晚上會在公園繞幾圈散步。

成為；行/可以 動詞

되다 doe da

例 저는 나중에 커서 가수가 되고 싶어요.
jeo neun na jung e keo seo ga su ga doe go si peo yo
等我長大我要成為歌星。

放/擱/置/保藏 動詞

두다 du da

例 혹시 두고 나온 물건은 없는지 다시 한 번 확인해 봐!
hok si du go na on mul geon eun eom neun ji da si han beon hwa gin hae bwa
請再確認一次有沒有東西忘了(放在這裡)！

二/兩 數詞

둘 dul

例 나는 오빠가 둘이나 있어요.
na neun o ppa ga du ri na i seo yo
我有兩個哥哥。

● track 114

後面/背後/之後 名詞

뒤 dwi

例 네 뒤에 있는 저 분은 누구시니?
ne dwi e in neun jeo bun eun nu gu si ni
我後面那個人是誰呢?

翻覆/顛倒 動詞

뒤집히다 dwi ji pi da

例 그릇이 뒤집혀서 음식이 쏟아졌다.
geu reun ni dwi ji pyeo seo eum si gi sso da jyeot da
碗打翻了所以食物掉出來了。

背影 名詞

뒷모습 dwin mo seup

例 나는 그녀의 떠나가는 뒷모습을 가만히 서서
바라보았습니다.
na neun geu nyeo ui tteo na ga neun dwin mo seu
beul ga man hi seo seo ba ra bo at seum ni da
我默默的站著,看著那女生離去的背影。

👑 終於/總算 副詞

드디어 deu di eo

例 드디어 우리 아기가 걷기 시작했어요!
deu di eo u ri a gi ga geot gi si ja kae seo yo
我們的小嬰孩終於開始走路了!

呈獻/奉送 動詞

드리다 deu ri da

例 아버지께 생신 선물로 넥타이를 드렸습니다.
a beo ji kke saeng sin seon mul lo nek ta i reul deu ryeot seum ni da
我買了領帶當做生日禮物送給爸爸。

用於謂詞詞幹之後的連接詞尾/
表示「無論/不管…」 詞尾

든지 deun ji

例 너무 배가 고파서 한식이든지 일식이든지
상관없이 다 좋았다.
neo mu bae ga go pa seo han si gi deun ji il si gi deun ji sang gwan eop si da jo at da
我的肚子太餓了，不管是韓式或日式都沒關係都可以。

聽/聽見 動詞

듣다 deut da

例 우리 엄마는 빨래하실 때 라디오를 들으십니다.
u ri eom ma neun ppal lae ha sil ttae ra di o reul deu reu sim ni da
我的媽媽洗衣服的時候會聽收音機。

● track 115

拿/提/抬/翹/用進/入/住/花費/中意(餐) 動詞

들다 deul da

例 이 상자는 여자 혼자 들기에는 너무 무겁습니다.
i sang ja neun nyeo ja hon ja deul gi e neun neo mu
mu geop seum ni da
這個箱子女生一個人拿的話太重了。

例 내 방은 햇빛이 잘 들어서 환하고 따뜻해요.
nae bang eun haet bi chi jal deu reo seo hwan ha go
tta tteu tae yo
我的房間裡有陽光照射進來所以明亮又溫暖。

讓…進/搬進/花費 動詞

들이다 deu ri da

例 우리 동네에 있는 헬스장은 회원을 많이 들이기
위해 여러 행사를 하고 있다.
u ri dong ne e in neun hel seu jang eun hoe won eul
ma ni deu ri gi wi hae yeo reo haeng sa reul ha go it
da
我們村子裡的健身房為了招收會員舉辦很多活動。

好像/似的 名詞

듯 deut

例 우리 집 강아지는 내 말을 알아들은 듯 행동해요.
u ri jip gang a ji neun nae ma reul ra ra deu reun deut
taeng dong hae yo
我們家的小狗好像聽得懂我說的話來行動。

採/摘/開 動詞

따다 tta da

例 제가 직접 딴 맛있는 감을 드립니다.
je ga jik jeop ttan man nin neun gam eul deu rim ni da
我親自摘的甜柿子送你。

分別/分頭/各自 副詞

따로따로 tta ro tta ro

例 우리는 수업은 따로따로 듣지만 밥은 항상 같이
먹습니다.
u ri neun su eo beun tta ro tta ro deut ji man ba beun
hang sang ga chi meok seum ni da
我們分開各自上課，但總是會一起吃飯。

按照/跟隨/敬仰 動詞

따르다 tta reu da

例 우리 집 강아지는 나를 제일 잘 따라요.
u ri jip gang a ji neun na reul je il jal tta ra yo
我們家的狗最喜歡跟著我。

之類/什麼的 名詞

따위 tta wi

例 이 따위 실력으로는 남을 가르칠 수가 없어.
i tta wi sil lyeo geu ro neun nam eul ga reu chil su ga
eop seo
這種程度的實力沒有辦法教別人的。

● track 116

正好/恰好 副詞

딱 ttak

例 이 신발은 내 발에 딱 맞아요.
i sin ba reun nae ba re ttak ma ja yo
這個鞋子大小跟我的腳剛好合適。

堅硬/硬 形容詞

딱딱하다 ttak tta ka da

例 이 빵은 너무 딱딱해요.
i ppang eun neo mu ttak tta kae yo
這個麵包太硬了。

時候/時機 名詞

때 ttae

例 내일 아무 때나 우리 집에 오셔도 돼요.
nae il ra mu ttae na u ri ji be o syeo do dwae yo
你明天隨時可以來我家。

有時/時而 副詞

때로는 ttae ro neun

例 나는 사람들 만나는 걸 좋아하지만, 때로는 혼자
있고 싶다.
na neun sa ram deul man na neun geol jo a ha ji man
ttae ro neun hon ja it go sip da
我喜歡跟人見面，但是有時候想要一個人。

汙垢/髒垢　名詞

때 ttae

例 목욕탕에 때 밀러 갈까?
mong nyok tang e ttae mil leo gal kka
我們要不要去三溫暖搓澡。

摘下/取下/斷/戒/拆　動詞

떼다 tte da

例 집 문 앞에 붙은 전단지와 광고지를 모두 뗐다.
jip mun a pe bu teun jeon dan ji wa gwang go ji reul
mo du ttet da
把家門前貼的傳單和廣告紙全部都撕下。

還/又/再　副詞

또 tto

例 아까 점심을 먹었는데, 또 배가 고파졌어요.
a kka jeom sim eul meo geon neun de tto bae ga go
pa jyeo seo yo
我才剛吃完午餐又肚子餓了。

也/並且/而且　副詞

또한 tto han

例 내 동생은 운동을 좋아하고, 나 또한 그렇습니다.
nae dong saeng eun un dong eul jo a ha go na tto han
geu reo sseum ni da
我的弟弟(妹妹)喜歡運動，我也是如此。

231

● track 117

清楚/準確/聰敏/聰明

똑똑하다 ttok tto ka da

例 진수는 아주 똑똑합니다.

jin su neun a ju ttok tto kam ni da

真秀很聰明。

👑 跳/跑/搏 動詞

뛰다 ttwi da

例 토끼가 펄쩍펄쩍 뛰었다.

to kki ga peol jjeok peol jjeok ttwi eot da

兔子活蹦亂跳。

- -

例 나는 약속에 늦어서 버스에서 내리자마자 열심히
뛰었다.

na neun nyak so ge neu jeo seo beo seu e seo nae ri
ja ma ja yeol sim hi ttwi eot da

**我跟人家約會要遲到了,所以一下巴士就馬上用跑
的。**

👑 意思/心意/旨意 名詞

뜻 tteut

例 내 말은 그런 뜻이 아니었는데 네가 오해한 것
같아.

nae ma reun geu reon tteun ni a ni eon neun de ne ga
o hae han geot ga ta

我的意思不是那樣,你好像誤會了。

表示引用/叫 助詞

라고 ra go

例 뭐라고요?

mwo ra go yo

你說什麼?

例 수경이는 수업시간에 매일 졸아서 '잠꾸러기' 라고 불립니다.

su gyeong i neun su eop si gan e mae il jo ra seo t jam kku reo gi t ra go bul lim ni da

淑京每次上課都打瞌睡,所以我們叫她「瞌睡蟲」。

表示反問或反駁 詞尾

라니 ra ni

例 중학생인 줄 알았는데 대학생이라니, 정말 동안이시네요!

jung hak saeng in jul ra ran neun de dae hak saeng i ra ni jeong mal dong an i si ne yo

我以為你是國中生,結果你竟然是大學生真是娃娃臉。

…的話/表示假定 詞尾

라면 ra myeon

例 네가 나라면 어떻게 할래?

ne ga na ra myeon eo tteo ke hal lae

如果你是我的話你會怎麼做?

● track 118

👑 **泡麵** 名詞

라면 ra myeon

例 라면 먹는 것은 건강에 안 좋아요.

ra myeon meong neun geos eun geon gang e an jo a yo

吃泡麵對身體不好。

所謂/稱為 助詞

란 ran

例 우정이란 과연 무엇일까요?

u jeong i ran gwa yeon mu eon nil kka yo

友情是什麼呢？

和/跟 助詞

랑 rang

例 어제 친구랑 벚꽃을 보러 갔어요.

eo je chin gu rang beot kko cheul bo reo ga seo yo

昨天我跟朋友去看煙火。

👑 **往/用/表示方向/原因/工具/材料** 助詞

로 ro

例 1층으로 내려가서 잠깐 기다리고 있어.

il cheung eu ro nae ryeo ga seo jam kkan gi da ri go i seo

我要去1樓一下，你先等我一下。

表示身分/地位/資格　助詞

로서　ro seo

例 내 남편은 아버지로서, 부족함이 없는 사람이에요.

nae nam pyeon eun a beo ji ro seo bu jo kam i eom neun sa ram i e yo

我的老公是個好爸爸。

院子/庭院　名詞

마당　ma dang

例 우리는 마당이 있는 집으로 이사를 갔어요.

u ri neun ma dang i in neun ji beu ro i sa reul ga seo yo

我們搬到有庭院的房子了。

乾/渴/瘦　形容詞

마르다　ma reu da

例 목이 너무 마른데 물 좀 사오면 안될까요?

mo gi neo mu ma reun de mul jom sa o myeon an doel kka yo

我非常的口渴可以買水給我喝嗎?

例 내 동생은 밥을 잘 먹지 않아서 너무 말랐어요.

nae dong saeng eun ba beul jal meok ji a na seo neo mu mal la seo yo

我的弟弟(妹妹)都不吃飯所以很瘦。

● track 119

準備/張羅/安排 名詞

마련 ma ryeon

例 우리 엄마는 제주도에 노년에 살 집을
마련하셨어요.

u ri eom ma neun je ju do e no nyeon e sal ji beul ma
ryeon ha syeo seo yo

我的媽媽在濟州島準備了老年生活的房子。

喝/飲/用 動詞

마시다 ma si da

例 음료수는 사이다를 마실래, 차를 마실래?

eum nyo su neun sa i da reul ma sil lae cha reul ma sil
lae

你要你要喝雪碧還是茶?

內心/心情 名詞

마음 ma eum

例 나는 착한 마음을 가진 사람들이 제일 좋아요.

na neun cha kan ma eum eul ga jin sa ram deu ri je il
jo a yo

我喜歡心地善良的人。

例 이 신발 마음에 드는데, 얼마인가요?

i sin bal ma eum e deu neun de eol ma in ga yo

這雙鞋很合我的意,多少呢?

如同/似 副詞

마치 ma chi

例 저 사람은 한국어를 아주 잘해서 마치 한국인 같아요.

jeo sa ram eun han gu geo reul a ju jal hae seo ma chi han gu gin ga ta yo

那個人韓語講得很好，就像韓國人一樣。

👑 胡亂/隨便/正/將/剛剛 副詞

막 mak

例 지금 막 출발했어요!

ji geum mak chul bal hae seo yo

現在才剛出發。

阻擋/攔/包圍/封鎖 動詞

막다 mak da

例 아빠는 아기가 뜨거운 난로에 손을 대지 못하게 막았습니다.

a ppa neun a gi ga tteu geo un nan no e son eul dae ji mo ta ge ma gat seum ni da

爸爸讓小孩的手無法碰到暖爐，阻止了他。

真的/實際 副詞

막상 mak sang

例 보기에는 쉬워 보였는데 막상 직접 하려고 하니 너무 어렵네요.

bo gi e neun swi wo bo yeon neun de mak sang jik jeop ha ryeo go ha ni neo mu eo ryeom ne yo

看起來很簡單，但是實際上做看看卻發現很難。

● track 120

👑 而已；只要；值得；滿 名詞

만 man

例 저는 연어만 먹고 다른 생선은 싫어해요.
jeo neun nyeon eo man meok go da reun saeng seon
eun si reo hae yo
我只吃鮭魚，其他的魚我都不喜歡。

造成/製造 動詞

만들다 man deul da

例 이 생일 카드는 내가 직접 만든 거야.
i saeng il ka deu neun nae ga jik jeop man deun geo
ya
這個生日卡是我親手做的。

👑 見面/遇到/交往 動詞

만나다 man na da

例 어제 길을 걷다가 우연히 초등학교 동창을
만났어요.
eo je gi reul geot da ga u yeon hi cho deung hak gyo
dong chang eul man na seo yo
昨天走在路上，偶然遇見了高中同學。

鬆軟/好對付/好欺負 形容詞

만만하다 man man ha da

例 우리 집 강아지는 우리 가족 중에서 내가 제일
만만한가 봐.
u ri jip gang a ji neun u ri ga jok jung e seo nae ga je
il man man han ga bwa
我家的狗狗最喜歡欺負我(不聽我的話)。

萬一/要是/如果 副詞

만약 man nyak

例 만약 네가 복권에 당첨된다면, 무엇을 가장 하고
싶니?

man nyak ne ga bok gwon e dang cheom doen da
myeon mu eos eul ga jang ha go sim ni

假如你中了彩券，你最想做什麼？

撫摸/弄/碰 動詞

만지다 man ji da

例 너희 집 강아지 한 번 만져 봐도 되니?

neo hui jip gang a ji han beon man jyeo bwa do doe ni

我可以摸看看你家的狗嗎？

既是/因為/左右 助詞

만큼 man keum

例 먹을 수 있을 만큼 접시에 담아요.

meo geul su i seul man keum jeop si e dam a yo

請盛裝你可以吃的份量在盤子中。

多/豐富 形容詞

많다 man ta

例 지하철에 사람이 많습니다.

ji ha cheo re sa ram i man sseum ni da

捷運裡面很多人。

• track 121

話 名詞

말 mal

例 방금 무슨 말 했어요?

bang geum mu seun mal hae seo yo

你剛剛說什麼？

捲起/挽；停止 動詞

말다 mal da

例 도화지를 사서 돌돌 말아 가방 안에 넣었어요.

do hwa ji reul sa seo dol dol ma ra ga bang an e neo
eo seo yo

買了圖畫紙，捲起來放在包包裡。

口氣/口風/口頭禪 名詞

말버릇 mal beo reut

例 어른에게 그게 무슨 말버릇이니?

eo reun e ge geu ge mu seun mal beo reun ni ni

跟大人講話用那什麼口氣？

👑 口氣/語氣/口吻/口鋒 名詞

말투 mal tu

例 어른과 대화를 할 때는 공손한 말투를 써야
합니다.

eo reun gwa dae hwa reul hal ttae neun gong son han
mal tu reul sseo ya ham ni da

跟年長者說話時要用恭敬的語氣來說話。

品味/嚐鮮 動詞

맛보다 mat bo da

例 제가 구운 빵인데, 좀 맛보시겠어요?
je ga gu un ppang in de jom mat bo si ge seo yo
這是我烤的麵包，要不要嚐嚐看？

漂亮/帥/優美/精彩 形容詞

멋있다 meon nit da

例 그은 멋있어서 여학생들에게 인기가 아주 많아요.
geu eun meon ni seo seo yeo hak saeng deu re ge in gi ga a ju ma na yo
他很帥，所以很受女學生們的喜愛(有人氣)。

猶豫/躊躇 動詞

망설이다 mang seo ri da

例 하고 싶은 일이 있으면 망설이지 말고 도전해 보세요.
ha go si peun i ri i seu myeon mang seo ri ji mal go do jeon hae bo se yo
如果有想做的事情，不要猶豫，挑戰看看。

弄壞/糟蹋 動詞

망치다 mang chi da

例 시험을 망쳤어요.
si heom eul mang chyeo seo yo
考試考砸了。

● track 122

👑 沒錯/對/合/配 動詞

맞다 mat da

例 네 말이 맞다.
ne ma ri mat da
你說的沒錯。

挨打 動詞

맞다 mat da

例 어릴 적에 잘못을 하면 어머니께 매를 맞고
했어요.
eo ril jeo ge jal mos eul ha myeon eo meo ni kke mae
reul mat go neun hae seo yo
小時候如果做錯事會被媽媽打。

迎接/娶 動詞

맞다 mat da

例 그는 손님을 따뜻하게 맞아 주었다.
geu neun son nim eul tta tteu-ta ge ma ja ju eot da
他熱情地迎接客人。

聞/嗅/藏/接受/取得 動詞

맡다 mat da

例 코감기에 걸려서 냄새를 잘 맡을 수가 없어요.
ko gam gi e geol lyeo seo naem sae reul jal ma teul su
ga eop seo yo
因為感冒了所以聞不到氣味。

栓/綁/束 動詞

매다 mae da

例 신발끈이 풀려서 신발끈을 맸어요.
sin bal kkeun i pul lyeo seo sin bal kkeun eul mae seo yo
鞋帶鬆了所以我綁了一下鞋帶。

光腳/赤足 名詞

맨발 maen bal

例 맨발로 바닷가를 걸어요.
maen bal lo ba dat ga reul geo reo yo
赤腳走在沙灘上。

酷寒/辛辣 形容詞

맵다 maep da

例 저는 김치가 너무 매워서 잘 못 먹어요.
jeo neun gim chi ga neo mu mae wo seo jal mot meo geo yo
我因為泡菜太辣了所以不能吃。

發誓/誓約 名詞

맹세 maeng se

例 우리는 결혼식장에서 영원한 사랑의 맹세를 했습니다.
u ri neun gyeol hon sik jang e seo yeong won han sa rang ui maeng se reul haet seum ni da
我們結婚的時候立誓盟約要永遠相愛。

● track 123

結(果實)/結果 動詞

맺다 maet da

例 우리 집 앞 감나무는 가을이 되면 감 열매를 맺어요.

u ri jip bap gam na mu neun ga eu ri doe myeon gam nyeol mae reul mae jeo yo

我們家前面的柿子樹在秋天的時候會結出柿子。

- -

例 열심히 노력한 것의 결실을 맺게 되어 정말 뿌듯합니다.

yeol sim hi no ryeo kan geos ui gyeol si reul maet ge doe eo jeong mal ppu deu tam ni da

努力奮鬥而得到了好的結果，真的很滿足。

吃/食 動詞

먹다 meok da

例 아침을 먹는 것이 건강에 좋다고 합니다.

a chim eul meong neun geon ni geon gang e jo ta go ham ni da

聽説吃早餐對健康很好。

餵/養 動詞

먹이다 meo gi da

例 아기에게 우유를 먹였어요.

a gi e ge u yu reul meong nyeo seo yo

餵孩子喝牛奶。

被吃 動詞

먹히다 meok i da

例 TV에서 사슴이 사자에게 먹히는 장면을 보았어요.
TVe seo sa seum i sa ja e ge meok i neun jang myeon
eul bo a seo yo
我在電視上看到鹿被獅子吃掉的場面。

先/首先 副詞

먼저 meon jeo

例 내가 먼저 출발할 테니까 너는 나를 따라와.
nac ga meon jeo chul bal hal te ni kka neo neun na
reul tta ra wa
我會先出發，你跟著我就好。

遠；瞎 形容詞

멀다 meol da

例 우리 집에서 학교까지는 매우 멀다.
u ri ji be seo hak gyo kka ji neun mae u meol da
我們家離學校很遠。

愛美的人/摩登女郎/時髦公子 名詞

멋쟁이 meot jaeng i

例 우리 선생는 나이가 드셨는데도 멋쟁이세요.
u ri seon saeng neun na i ga deu syeon neun de do
meot jaeng i se yo
我們的老師雖然年紀大了但仍然很時髦。

● track 124

帥/漂亮 形容詞

멋지다 meot ji da

例 멋진 옷을 입으니 얼굴도 더 잘생겨 보여요.
meot jin os eul ri beu ni eol gul do deo jal saeng gyeo bo yeo yo
穿著很帥的衣服，臉也看起來更英俊了。

呆/發呆/發愣 形容詞

멍하다 meong ha da

例 어제 잠을 못 자서 일에 집중하기 힘들고 멍해요.
eo je jam eul mot ja seo i re jip jung ha gi him deul go meong hae yo
昨天晚上都沒睡，所以無法專心做事正發愣者。

…的話/表示假定 詞尾

면 myeon

例 열심히 노력하면 시험에 합격할 수 있을 거예요.
yeol sim hi no ryeo ka myeon si heom e hap gyeo kal su i seul geo ye yo
努力的話，考試就可以合格。

幾/些/多少 數詞

몇 myeot

例 몇 시예요?
myeot si ye yo
幾點？

大家/全體 名詞、副詞

모두 mo du

例 저기 있는 사람들은 모두 우리 반 친구들이에요.

jeo gi in neun sa ram deu reun mo du u ri ban chin gu deu ri e yo

這裡的人全部都是我們班同學。

不知道/不曉得/不明白 動詞

모르다 mo reu da

例 저는 연예인에 대해 잘 몰라요.

jeo neun nyeon ye in e dae hae jal mol la yo

我對演藝人員不是很清楚。

模樣/樣子 名詞

모습 mo seup

例 너는 항상 바쁘고 부지런하게 사는 모습이 정말 멋있어.

neo neun hang sang ba ppeu go bu ji reon ha ge sa neun mo seu bi jeong mal meon ni seo

你總是忙碌勤勞的模樣真的很帥。

口渴/口乾 動詞

목마르다 mong ma reu da

例 아, 땀을 많이 흘렸더니 목말라요.

a ttam eul ma ni heul lyeot deo ni mong mal la yo

啊,流好多汗,好渴。

● track 125

👑 聲音/嗓音/歌喉 名詞

목소리　mok so ri

例 나는 굵은 목소리를 가진 남자가 좋아요.
na neun gul geun mok so ri reul ga jin nam ja ga jo a yo
我喜歡聲音低沉的男生。

暗中/偷偷/私底下 副詞

몰래　mol lae

例 우리는 엄마 몰래 생신 파티를 준비했어요.
u ri neun eom ma mol lae saeng sin pa ti reul jun bi hae seo yo
我們不讓媽媽知道，偷偷準備了生日派對。

👑 身材/身姿 名詞

몸매　mom mae

例 그은 몸매가 정말 좋아요.
geu eun mom mae ga jeong mal jo a yo
他的身材真好。

體重 名詞

몸무게　mom mu ge

例 요즘 운동을 열심히 했더니 몸무게가 줄었어요.
yo jeum un dong eul lyeol sim hi haet deo ni mom mu ge ga ju reo seo yo
最近我努力的運動所以體重減輕了。

病痛/四肢痠痛　名詞

몸살 mom sal

例 어제 너무 무리하게 일을 했더니 몸살이 났어요.
eo je neo mu mu ri ha ge i reul haet deo ni mom sa ri
na seo yo
昨天工作的太過頭，結果全身痠痛。

貧窮/刁難　動詞

못살다 mot sal da

例 우리 집은 어릴 적에 못살았기 때문에, 나는
지금도 절약하는 습관이 몸에 배어 있어요.
u ri ji beun eo ril jeo ge mot sa rat gi ttae mun e na
neun ji geum do jeol lya ka neun seup gwan i mom e
bae eo i seo yo
**我們家小時候就家境不好，所以我現在仍然有節約的
習慣。**

不會/無法　動詞

못하다 mo ta da

例 저는 중국어를 잘 못해요.
jeo neun jung gu geo reul jal mo tae yo
我不太會講中文。

什麼/何　冠形詞

무슨 mu seun

例 너는 무슨 과일을 제일 좋아하니?
neo neun mu seun gwa i reul je il jo a ha ni
你最喜歡吃什麼水果？

● track 126

綁/束 動詞

묶다 muk da

例 공부하는 데 방해되어서 머리를 묶었다.
gong bu ha neun de bang hae doe eo seo meo ri reul
mu kkeot da
我要讀書但是頭髮會妨礙到我，所以綁起來。

水/江/河 名詞

물 mul

例 뜨거운 물이 나오나요?
tteu geo un mu ri na o na yo
有熱水嗎？(指水龍頭)

什麼 代名詞

뭐 mwo

例 네 얼굴에 뭐 묻은 것 같은데, 거울 좀 볼래?
ne eol gu re mwo mu deun geot ga teun de geo ul
jom bol lae
你的臉上好像沾到了什麼，要不要看一下鏡子呢？

事先/預先/提早 副詞

미리 mi ri

例 오늘 미리 숙제를 끝내 놓고 내일 놀러 가자!
o neul mi ri suk je reul kkeun nae no ko nae il lol leo
ga ja
今天我們早點把作業做完明天出去玩吧！

抱歉/過意不去/對不起 形容詞

미안하다 mi an ha da

例 오늘 약속에 못 가게 돼서 정말 미안해요.

o neul lyak so ge mot ga ge dwae seo jeong mal mi an
hae yo

今天我沒有辦法赴約了很抱歉。

瘋狂/著迷/達到/涉及/夠得著 動詞

미치다 mi chi da

例 제 친구는 축구에 미쳤어요.

je chin gu neun chuk gu e mi chyeo seo yo

那位朋友對足球瘋狂。

心裡不好受/不是滋味/覺得丟臉/尷尬 形容詞

민망하다 min mang ha da

例 발표하다가 실수를 해서 너무 민망해요.

bal pyo ha da ga sil su reul hae seo neo mu min mang
hae yo

上台發表的時候講錯了很尷尬。

相信/依靠/憑藉/信仰 動詞

믿다 mit da

例 나는 선생님이 하시는 말씀을 전부 믿어요.

na neun seon saeng nim i ha si neun mal sseum eul
jeon bu mi deo yo

老師說的話我全部都相信。

• track 127

麵粉 名詞

밀가루 mil ga ru

例 빵은 밀가루로 만듭니다.
ppang eun mil ga ru ro man deum ni da
麵包是用麵粉做的。

推/刮(鬍子)/壓/印/推薦/堅持 動詞

밀다 mil da

例 자꾸 밀지말아요.
ja kku mil ji ma ra yo
不要一直推我。

海洋/大海 名詞

바다 ba da

例 우리는 바다에 놀러 가요.
u ri neun ba da e nol leo ga yo
我們要去海邊玩。

風/願望 名詞

바람 ba ram

例 바람이 너무 세요.
ba ram i neo mu se yo
風太強了。

花花公子/風流鬼 名詞

바람둥이 ba ram dung i

例 그 애는 여자친구가 무척 자주 바뀌는
바람둥이야.
geu ae neun nyeo ja chin gu ga mu cheok ja ju ba kkwi
neun ba ram dung i ya
那個人常常換女朋友是個花花公子。

一直/當時/正 副詞

바로 ba ro

例 이 분이 제가 말씀드린 바로 그 사람이에요.
i bun i je ga mal sseum deu rin ba ro geu sa ram i e yo
這一位就是我說的那個人。

緊張/忙碌 形容詞

바쁘다 ba ppeu da

例 요즘 너무 바빠요.
yo jeum neo mu ba ppa yo
最近太忙了。

外/外面 名詞

밖 bak

例 밖에 나갈 때 따뜻하게 입으세요.
ba kke na gal ttae tta tteu ta ge i beu se yo
外出時請穿溫暖一點。

• track 128

反對 動詞

반대하다 ban dae ha da

例 부모님은 두 사람의 결혼을 반대했어요.
bu mo nim eun du sa ram ui gyeol hon eul ban dae
hae seo yo
父母反對兩人的結婚。

非敬語/半語 名詞

반말 ban mal

例 한국에서 어른에게 반말을 쓰는 것은 예의없는
행동입니다.
han gu ge seo eo reun e ge ban ma reul sseu neun
geos eun ye ui eom neun haeng dong im ni da
在韓國對長輩說半語是很沒有禮貌的行為。

高興/歡喜 形容詞

반갑다 ban gap da

例 만나서 정말 반가워요!
man na seo jeong mal ban ga wo yo
很高興見到你！

一定/必定 副詞

반드시 ban deu si

例 올해에는 반드시 결혼할 거예요.
ol hae e neun ban deu si gyeol hon hal geo ye yo
我今年一定會結婚。

愛戀/入迷 動詞

반하다 ban ha da

例 저는 그에게 첫눈에 반했어요.
jeo neun geu e ge cheon nun e ban hae seo yo
我對他一見鍾情。

接受/收到/容忍 動詞

받다 bat da

例 나는 친구들에게 생일 선물로 책과 화장품을
받았어요.
na neun chin gu deu re ge saeng il seon mul lo chaek
gwa hwa jang pum eul ba da seo yo
我的朋友送我書和化妝品當作生日禮物。

夜晚 名詞

밤 bam

例 밤 늦게 자지 마세요.
bam neut ge ja ji ma se yo
晚上不要太晚睡。

飯 名詞

밥 bap

例 나는 빵보다는 밥을 좋아해요.
na neun ppang bo da neun ba beul jo a hae yo
比起麵包我比較喜歡吃飯。

● track 129

👑 **船** 名詞

배 bae

例 우리는 배를 타고 제주도로 갔어요.
u ri neun bae reul ta go je ju do ro ga seo yo
我們搭船去濟州島了。

梨子 名詞

배 bae

例 가을에 수확되는 배는 아주 달고 맛있어요.
ga eu re su hwak doe neun bae neun a ju dal go man
ni seo yo
秋天收割的梨子非常的甜又好吃。

丟棄/糾正/弄壞 動詞

버리다 beo ri da

例 쓰레기는 꼭 쓰레기통에 버려 주세요.
sseu re gi neun kkok sseu re gi tong e beo ryeo ju se
yo
垃圾請一定要丟在垃圾桶裡面。

👑 **看見** 動詞

보다 bo da

例 나를 보세요.
na reul bo se yo
看著我。

看得見／顯露 動詞

보이다 bo i da

例 안 보여요.
an bo yeo yo
我看不見。

例 저기 보이는 저 아파트가 우리 집이에요.
jeo gi bo i neun jeo a pa teu ga u ri ji bi e yo
那邊看到的公寓就是我家。

拜託 動詞

부탁하다 bu ta ka da

例 사인 한 장만 부탁해도 될까요?
sa in han jang man bu ta kae do doel kka yo
可以請你簽名給我嗎？

愧疚／羞慚／嬌羞／害羞 形容詞

부끄럽다 bu kkeu reop da

例 어제 여러 사람들 앞에서 넘어져서 너무
부끄러웠어요.
eo je yeo reo sa ram deul ra pe seo neom eo jyeo seo
neo mu bu kkeu reo wo seo yo
昨天在很多人面前跌倒太丟臉了。

例 진희는 부끄러워서 좋아하는 오빠에게 말도 잘 못
걸어요.
jin hui neun bu kkeu reo wo seo jo a ha neun o ppa e
ge mal do jal mot geo reo yo
珍希太害羞了連跟喜歡的哥哥說句話都無法。

● track 130

👑 火／燈　名詞

불　bul

例　우리는 생일 케이크에 초를 꽂아 성냥으로 불을
　　붙였어요.
u ri neun saeng il ke i keu e cho reul kko ba seong
nyang eu ro bu reul bu tyeo seo yo
我們在生日蛋糕上插了蠟燭，用火柴點火。

例　화장실 불 좀 꺼 주겠니?
hwa jang sil bul jom kkeo ju gen ni
可以關一下廁所的燈嗎？

例　불이 나면 119를 부르세요.
bu ri na myeon il il gu reul bu reu se yo
如果發生火災請打119。

叫／呼喚　動詞

불러오다　bul leo o da

例　내일 네 친구 좀 여기로 불러올 수 있니?
nae il le chin gu jom nyeo gi ro bul leo ol su in ni
明天你可以叫你的朋友過來嗎？

黏／附著；考上／合格；藉口　動詞

붙다　but da

例　이 종이 두 장을 풀로 붙이세요.
i jong i du jang eul pul lo bu chi se yo
請用膠水把這兩張紙黏起來。

例　나 대학에 붙었어!
na dae ha ge bu teo seo
我考上大學了。

揉/搓/擦/磨/拌 動詞

비비다 bi bi da

例 더러운 손으로 눈을 비비면 눈병이 생길 수도 있어요.

deo reo un son eu ro nun eul bi bi myeon nun byeong i saeng gil su do i seo yo

用髒的手揉眼睛，眼睛可能會生病。

價格高/貴 形容詞

비싸다 bi ssa da

例 백화점의 물건들은 일반 가게보다 비싸요.

baek wa jeom ui mul geon deu reun il ban ga ge bo da bi ssa yo

百貨公司的東西比一般店家的更貴。

掉/落 動詞

빠지다 ppa ji da

例 그가 물에 빠진 강아지를 구했어요.

geu ga mu re ppa jin gang a ji reul gu hae seo yo

他把溺水的狗救起來了。

沉浸/陷入/墜入/迷上 動詞

빠지다 ppa ji da

例 나는 요즘 그에게 푹 빠졌어요.

na neun nyo jeum geu e ge puk ppa jyeo seo yo

我最近迷上他了。

● track 131

搶/搶奪 動詞

뺏다 ppaet da

例 내것을 뺏지 마.
nae geos eul ppaet ji ma
不要搶我的。

抽/拔/放/選/錄取/伸/印刷 動詞

뽑다 ppop da

例 지금은 대통령을 뽑는선거 기간이에요.
ji geum eun dae tong nyeong eul ppom neun seon
geo gi gan i e yo
現在是總統大選期間。

♕ 只是/而已/光是 名詞、助詞

뿐 ppun

例 저는 노래를 듣는 것을 좋아할 뿐, 부르는 것은
별로 좋아하지 않아요.
jeo neun no rae reul deun neun geos eul jo a hal ppun
bu reu neun geos eun byeol lo jo a ha ji a na yo
我只喜歡聽歌不喜歡唱歌。

♕ 買/購 動詞

사다 sa da

例 이번 겨울에는 장갑을 꼭 살 거예요.
i beon gyeo u re neun jang ga beul kkok sal geo ye yo
今年冬天我一定要買手套。

人　名詞

사람　sa ram

例　나는 그런 사람이 아니에요.
na neun geu reon sa ram i a ni e yo
我不是那種人。

喜歡/愛慕/熱愛　動詞

사랑하다　sa rang ha da

例　나는 당신을 사랑해요.
na neun dang sin eul sa rang hae yo
我愛你。

中間/之間/關係/空間　名詞

사이　sa i

例　우리 남매는 사이가 아주 좋아서 싸우는 일이
없어요.
u ri nam mae neun sa i ga a ju jo a seo ssa u neun i ri
eop seo yo
我們兄妹感情很好不會吵架。

肉　名詞

살　sal

例　닭가슴살은 살이 퍽퍽해서 먹기 싫어요.
dak ga seum sa reun sa ri peok peo kae seo meok gi si
reo yo
雞胸肉很硬所以我不喜歡吃。

261

● track 132

歲 名詞

살 sal

例 꼬마야, 너는 몇 살이니?
kko ma ya neo neun myeot sa ri ni
小朋友你幾歲？

👑 生活/住

살다 sal da

例 저는 어릴 때 3년 정도 대만에서 살았어요.
jeo neun eo ril ttae sam nyeon jeong do dae man e seo sa ra seo yo
我小時候住在台灣三年。

變胖/長肉 動詞

살찌다 sal jji da (반대어相反詞：살빠지다變瘦)

例 요즘 매일 단 것을 먹었더니 너무 살쪘어요.
yo jeum mae il dan geos eul meo geot deo ni neo mu sal jjyeo seo yo
最近我吃太甜了變胖了。

察看/觀察 動詞

살피다 sal pi da

例 신호등을 건널 때는 차가 오는지 주위를 살피며 건너세요.
sin ho deung eul geon neol ttae neun cha ga o neun ji ju wi reul sal pi myeo geon neo se yo
過紅綠燈的時候，要先看看周圍有沒有車過來，再過。

生活 名詞

삶 sam

例 나는 정열적인 삶을 살고 싶어.
na neun jeong yeol jeo gin sal meul sal go si peo
我想度過有熱情的生活。

烹/煮/燉 動詞

삶다 sam da

例 저는 매일 아침 고구마를 삶아 먹어요.
jeo neun mae il ra chim go gu ma reul sal ma meo geo
yo
我每天都蒸番薯來吃。

相關/關係;管/干涉 名詞

상관 sang gwan

例 상관마.
sang gwan ma
別管我。

- -

例 그 일은 나와는 아무 상관이 없어요.
geu i reun na wa neun a mu sang gwan i eop seo yo
這件事跟我無關。

● track 133

👑 毫無相干/無所謂 形容詞

상관없다 sang gwan eop da

例 동물원에 가든 박물관에 가든 상관없으니까
너희들이 하고 싶은 대로 해.

dong mu rwon e ga deun bang mul gwan e ga deun
sang gwan eop seu ni kka neo hui deu ri ha go si peun
dae ro hae

去動物園或者博物館都我無所謂，按照你們喜歡的去吧。

相關/關心/在意 動詞

상관하다 sang gwan ha da

例 이건 당신이 상관할 일이 아니에요.

i geon dang sin i sang gwan hal ri ri a ni e yo

這件事情與你無關。

新/新鮮/新奇 形容詞

새롭다 sae rop da

例 이런 스타일은 정말 새롭네요!

i reon seu ta i reun jeong mal sae rom ne yo

這種款式真的是很新的耶。

👑 清晨/黎明 名詞

새벽 sae byeok

例 우리 할머니는 새벽에 일어나서 산책을 나가세요.

u ri hal meo ni neun sae byeo ge i reo na seo san chae
geul la ga se yo

我的奶奶清晨都會起床去散步。

幼芽/苗 名詞

새싹 sae ssak

例 저번 달에 씨를 심은 화분에서 새싹이 났어요.
jeo beon da re ssi reul sim eun hwa bun e seo sae ssa
gi na seo yo
上個月在花盆裡種下的種子現在發出新芽了。

新年 名詞

새해 sae hae

例 새해 복 많이 받으세요!
sae hae bok ma ni ba deu se yo
新年快樂!(祝你新年得到很多福!)

顏色 名詞

색깔 saek kkal

例 너는 밝은 색깔이 어울려.
neo neun bal geun saek kka ri eo ul lyeo
你適合明亮的顏色。

泉/泉源;嫉妒 名詞

샘 saem

例 샘에서 나온 맑은 물을 마셨어요
saem e seo na on mal geun mu reul ma syeo seo yo
我喝了泉源中湧出的水。

- -

例 내 둘째 동생은 막내 동생에게 샘을 냈어요.
nae dul jjae dong saeng eun mang nae dong saeng e
ge saem eul lae seo yo
我的二妹對小妹很忌妒。

265

● track 134

想/思考 動詞

생각하다 saeng ga ka da

例 생각할 시간이 필요해요.
saeng ga kal si gan i pil lyo hae yo
我需要時間想一想。

出現/湧現/產生 動詞

생겨나다 saeng gyeo na da

例 인간은 어떻게 생겨나게 되었나요?
in gan eun eo tteo ke saeng gyeo na ge doe eon na yo
人類是怎麼出現的呢?

生理/生理期/月經 名詞

생리 saeng ni

例 여자들은 1달에 한 번씩 생리를 합니다.
yeo ja deu reun han da re han beon ssik saeng ni reul
ham ni da
女生一個月都會來一次月經。

站 動詞

서다 seo da

例 선생님은 칠판 앞에 서서 수업을 하십니다.
seon saeng nim eun chil pan a pe seo seo su eo beul
ha sim ni da
老師站在黑板前面教課。

彼此/你我/互相 名詞、副詞

서로 seo ro

例 우리는 서로 마주보고 대화를 나누고 있었어요.

u ri neun seo ro ma ju bo go dae hwa reul la nu go i seo seo yo

我們面對面看著彼此來對話分享了。

説服 動詞

설득하다 seol deu ka da

例 나는 친구 집에서 하루만 자고 오겠다고 엄마를 설득했어요.

na neun chin gu ji be seo ha ru man ja go o get da go eom ma reul seol deu kae seo yo

我跟媽媽説服我要到朋友家睡一晚。

元旦/新春 名詞

설날 seol lal

例 한국에서는 설날에 온 가족이 모여 떡국을 먹고 어른들에게 세배를 합니다.

han gu ge seo neun seol la re on ga jo gi mo yeo tteok gu geul meok go eo reun deu re ge se bae reul ham ni da

韓國人在農曆新年的時候，全家會聚在一起吃年糕，並且向長輩拜年。

267

• track 135

激動/興奮/搖動/擺動 動詞

설레다 seol le da

例 내일이 첫 수업이라니, 정말 설렌다!

nae i ri cheot su eo bi ra ni jeong mal seol len da

明天是第一天上學好興奮。

難道/該不會/莫非 副詞

설마 seol ma

例 내일 여행 가는데, 설마 비가 내리는 건 아니겠지?

nae il lyeo haeng ga neun de seol ma bi ga nae ri neun geon a ni get ji

明天要去旅行了,該不會下雨吧?

奉養/侍奉/服侍 動詞

섬기다 seom gi da

例 나는 그를 스승으로 섬기고 있습니다.

na neun geu reul seu seung eu ro seom gi go it seum ni da

我將他奉為我的老師。

可惜/遺憾/捨不得 形容詞

섭섭하다 seop seo pa da

例 나는 친구가 내 생일을 깜빡 잊어버려서 정말 섭섭했어요.

na neun chin gu ga nae saeng i reul kkam ppak gi jeo beo ryeo seo jeong mal seop seo pae seo yo

朋友忘記我的生日了,好難過。

👑 豎立/建立/構建;停止 動詞

세우다 se u da

例 기사 아저씨, 저기 사거리 앞에서 차를 세워
주세요.

gi sa a jeo ssi jeo gi sa geo ri a pe seo cha reul se wo
ju se yo

司機先生,請在前面十字路口停車。

聲音 名詞

소리 so ri

例 공공장소에서는 큰 소리로 떠들면 안 돼요.

gong gong jang so e seo neun keun so ri ro tteo deul
myeon an dwae yo

在公共場所不可以發那麼大的聲音。

受傷/難過 名詞

속상하다 sok sang ha da

例 속상해하지 마.난 네 편이야.

sok sang hae ha ji ma nan ne pyeon i ya

你不要難過。我站在你這邊。

👑 客人/顧客 名詞

손님 son nim

例 그 가게는 손님을 대하는 서비스가 아주
훌륭해요.

geu ga ge neun son nim eul dae ha neun seo bi seu
ga a ju hul lyung hae yo

那家店對客人的服務態度很優良。

• track 136

動手/觸碰/插手 動詞

손대다 son dae da

例 이 컵은 뜨거우니까 아기가 손대지 못하게
하세요.

i keo beun tteu geo u ni kka a gi ga son dae ji mo ta
ge ha se yo

這個杯子很燙請不要讓小孩子碰到。

👑 自來水 名詞

수돗물 su don mul

例 우리 집은 생수를 사 먹지 않고 수돗물을 끓여
먹어요.

u ri ji beun saeng su reul sa meok ji an ko su don mu
reul kkeu ryeo meo geo yo

我們家沒有買飲用水來喝而是自來水來喝。

👑 游泳 名詞

수영 su yeong

例 저는 수영을 잘 해요.

jeo neun su yeong eul jal hae yo

我很會游泳。

單純 形容詞

순수하다 sun su ha da

例 어린 아이들은 아주 순수해요.

eo rin a i deu reun a ju sun su hae yo

小孩子很單純。

隱藏/隱瞞/掩飾　動詞

숨기다　sum gi da

例　나한테는 숨기는 것 없이 솔직하게 다 말해도
　　돼요.

na han te neun sum gi neun geot eop si sol ji ka ge da
mal hae do dwae yo

你可以對我毫不隱瞞，老實的全部說出來也沒關係。

休息　動詞

쉬다　swi da

例　우리 잠시 쉬었다가 할까요?

u ri jam si swi eot da ga hal kka yo

我們要不要休息一下呢？

簡單　形容詞

쉽다　swip da

例　이 교재는 쉬워요.

i gyo jae neun swi wo yo

這個教材很簡單。

自己/自行　副詞

스스로　seu seu ro

例　이 일은 내 스스로 할 수 있는 일이에요.

i i reun nae seu seu ro hal su in neun i ri e yo

這件事我一個人也可以做。

● track 137

擦/掠 動詞

스치다 seu chi da

例 그는 내 어깨를 스치고 지나갔어요.

geu neun nae eo kkae reul seu chi go ji na ga sseo yo

他跟我擦肩而過。

鄉下/鄉村 名詞

시골 si gol

例 우리 할머니가 사시는 시골은 우리 집에서 너무 멀어요.

u ri hal meo ni ga sa si neun si go reun u ri ji be seo neo mu meo reo yo

我們奶奶住的鄉下離我們家很遠。

緊急/快速 副詞

시급히 si geu pi

例 이 문제는 시급히 해결해야만 합니다.

i mun je neun si geu pi hae gyeol hae ya man ham ni da

這個問題應該要快速的解決。

吵鬧 形容詞

시끄럽다 si kkeu reop da

例 버스 안에서 떠드는 중학생들이 시끄러워요.

beo seu an e seo tteo deu neun jung hak saeng deu ri si kkeu reo wo yo

在巴士裡面玩鬧的國中生真的很吵。

涼爽/輕涼　形容詞

시원하다　si won ha da

例 이 바람이 참 시원해요!
　 i ba ram i cham si won hae yo
　 風真是涼爽！

開始　動詞

시작하다　si ja ka da

例 자, 이제 시작하자!
　 ja i je si ja ka ja
　 好，現在開始吧！

出嫁　動詞

시집가다　si jip ga da

例 우리 언니는 내년 3월에 시집가요.
　 u ri eon ni neun nae nyeon sam wo re si jip ga yo
　 我的姐姐明年3月要嫁人了。

嫁過來　動詞

시집오다　si ji bo da

例 이 장롱은 우리 엄마가 아빠에게 시집오실 때
　 가져오신 거예요.
　 i jang nong eun u ri eom ma ga a ppa e ge si ji bo sil
　 ttae ga jyeo o sin geo ye yo
　 這個衣櫥是我媽媽嫁給爸爸的時候帶過來的。

● track 138

吩咐/指使 動詞

시키다 si ki da

例 엄마는 내게 심부름을 시키셨다.

eom ma neun nae ge sim bu reum eul si ki syeot da

媽媽吩咐我跑腿。

涼 動詞

식다 sik da

例 지금은 죽이 너무 뜨거우니까, 좀 식으면 드세요.

ji geum eun ju gi neo mu tteu geo u ni kka jom si geu

myeon deu se yo

現在粥還太燙，等涼了再吃。

鞋子 名詞

신발 sin bal

例 나는 굽이 높은 신발은 잘 못 신어요.

na neun gu bi no peun sin ba reun jal mot sin eo yo

我不太會穿鞋跟很高的鞋。

討厭/嫌棄/不要 形容詞

싫다 sil ta

例 나는 비 내리는 날이 제일 싫어요.

na neun bi nae ri neun na ri je il si reo yo

我最討厭下雨天。

👑 無聊 形容詞

심심하다 sim sim ha da

例 할 일이 아무것도 없어서 너무 심심해요.

hal ri ri a mu geot do eop seo seo neo mu sim sim hae yo

沒事做好無聊啊。

嚴重 形容詞

심하다 sim ha da

例 추석이나 설날 같은 명절에는 교통 체증이 특히 심해요.

chu seo gi na seol lal ga teun myeong jeo re neun gyo tong che jeung i teuk i sim hae yo

像中秋節或者農曆新年這種節日的時候塞車就特別的嚴重。

包 動詞

싸다 ssa da leu

例 나는 선물을 산 후 직접 예쁜 포장지로 쌌어요.

na neun seon mu reul san hu jik jeop bye ppeun po jang ji ro ssa seo yo

我買了禮物之後就直接用漂亮的包裝紙包起來了。

👑 便宜 形容詞

싸다 ssa da

例 이 가게의 옷들은 다른 가게들 보다 싸요.

i ga ge ui ot deu reun da reun ga ge deul bo da ssa yo

這家店的衣服比其他店家的更便宜。

打架 動詞

싸우다 ssa u da

例 두 남자가 싸우는 모습을 보았어요.

du nam ja ga ssa u neun mo seu beul bo a seo yo

我看見兩個男人打架的場面。

寫/使用/花(錢、時間)/
戴(帽子、眼鏡、口罩) 動詞

쓰다 sseu da

例 이 곳에 이름과 나이를 써 주세요.

i gos e i reum gwa na i reul sseo ju se yo

請在這個地方寫下您的名字和年紀。

苦 形容詞

쓰다 sseu da

例 어제 병원에서 받아 온 감기약이 너무 써서 못
먹겠어요.

eo je byeong won e seo ba da on gam gi ya gi neo mu
sseo seo mot meok ge seo yo

昨天醫院給的感冒藥太苦了我吃不下。

♛ **籽，種子** 名詞

씨 ssi

例 나는 수박 씨는 안 먹고 뱉어요.

na neun su bak ssi neun an meok go bae teo yo

我把西瓜籽吐出不吃。

怎麼/多麼 副詞

아무리 a mu ri

例 아무리 피곤해도 수업을 빠지면 안 돼요.

a mu ri pi gon hae do su eo beul ppa ji myeon an dwae yo

不管再怎麼累也是，不能不來上課。

小孩子 名詞

아기 a gi

例 나는 아기들이랑 놀아주는 것이 너무 좋아요.

na neun a gi deu ri rang no ra ju neun geon ni neo mu jo a yo

我很喜歡跟小孩子玩。

剛才 名詞、副詞

아까 a kka

例 아까 나한테 무슨 말 하려고 했던 거예요?

a kka na han te mu seun mal ha ryeo go haet deon geo ye yo

剛才你想要跟我說什麼呢？

唉唷/不是/不是啦 嘆詞

아니 a ni

例 아니, 나는 그만 집에 가서 쉴래.

a ni na neun geu man ji be ga seo swil lae

沒有，我要回家休息了喔。

● track 140

下面/底下 名詞

아래 a rae

例 네 발 아래에 내 펜이 떨어졌는데, 좀 주워 줄 수 있어?

ne bal ra rae e nae pen i tteo reo jyeon neun de jom ju wo jul su i seo

我的筆掉到你的腳下面了，可以幫我撿嗎？

👑 也許/可能/大概 副詞

아마 a ma

例 이번 주 토요일에는 아마 비가 내릴 거예요.

i beon ju to yo i re neun a ma bi ga nae ril geo ye yo

這個禮拜六可能又會下雨了。

不管怎麼說/不管怎麼樣/儘管如此 副詞

아무래도 a mu rae do

例 아무래도 이번 주 수요일 파티에 가기는 좀 어려울 것 같아요.

a mu rae do i beon ju su yo il pa ti e ga gi neun jom eo ryeo ul geot ga ta yo

不管怎麼說這個星期三要去參加舞會好像有點難。

無論如何/不管怎樣 副詞

아무리 a mu ri

例 내가 아무리 권해도 그는 듣지 않았어요.

nae ga a mu ri gwon hae do geu neun deut ji a na seo yo

我再怎麼勸，他還是不聽。

反正/總之 副詞

아무튼 a mu teun

例 아무튼 무사히 돌아왔으니 정말 다행이야.

a mu teun mu sa hi do ra wa seu ni jeong mal da haeng i ya

總之平安回來就很慶幸了。

惋惜/捨不得/可惜 形容詞

아쉽다 a swip da

例 좀 더 같이 놀고 싶었는데, 지금 집에 가야 하다니 정말 아쉽다.

jom deo ga chi nol go si peon neun de ji geum ji be ga ya ha da ni jeong mal ra swip da

我還想一起再多玩一會，現在必須要回家了，好可惜。

小孩子 名詞

아이 a i

例 아이들은 어른들의 행동을 따라하는 경향이 있습니다.

a i deu reun eo reun deu rui haeng dong eul tta ra ha neun gyeong hyang i it seum ni da

孩子有學習大人行為的傾向。

非常/有夠 副詞

아주 a ju

例 이 식당의 부대찌개는 아주 맛있어요.

i sik dang ui bu dae jji gae neun a ju man ni seo yo

這家店的部隊鍋很好吃。

● track 141

仍然/還 副詞

아직 a jik

例 아직요.
a jing nyo
還沒。

痛/疼 形容詞

아프다 a peu da

例 목이 너무 아파요.
mo gi neo mu a pa yo
喉嚨好痛。/脖子好痛。

抱/擁抱 動詞

안다 an da

例 어린 동생이 투정을 부려서 안아 주었어요.
eo rin dong saeng i tu jeong eul bu ryeo seo an a ju
eo seo yo
我的妹妹很黏人(吵著要人陪)，所以我抱著她。

被抱/依偎 動詞

안기다 an gi da

例 아기가 엄마에게 안겨 있어요.
a gi ga eom ma e ge an gyeo i seo yo
小孩子被媽媽抱著。

可惜/遺憾/放心不下　形容詞

안되다　an doe da

例　그런 슬픈 일을 겪다니, 정말 안됐다.

geu reon seul peun i reul gyeok da ni jeong mal ran dwaet da

經歷了這麼傷心的事情，我感到很遺憾。

煎熬/焦急/著急/可惜　形容詞

안타깝다　an ta kkap da

例　시험 전날 감기에 걸리다니 정말 안타깝다.

si heom jeon nal gam gi e geol li da ni jeong mal ran ta kkap da

考試的前一天感冒了真是可惜。

坐/停/歇　動詞

앉다　an da

例　여기 앉으세요.

yeo gi an jeu se yo

請坐在這裡。

不(做)/不/沒　動詞

않다　an ta

例　그 코트는 예뻤지만 너무 비싸서 사지 않았어요.

geu ko teu neun ye ppeot ji man neo mu bi ssa seo sa ji a na seo yo

那件外套雖然很漂亮但是太貴了所以我沒有買。

● track 142

知道/了解 動詞

알다 al da

例 진희는 미국에 대해 잘 알고 있다.
jin hui neun mi gu ge dae hae jal ral go it da
真喜對於美國非常了解。

告訴 動詞

알리다 al li da

例 이 소식을 주변 친구들에게 꼭 알리세요.
i so si geul ju byeon chin gu deu re ge kkok gal li se
yo
這個消息請一定要跟你周邊的朋友們說。

前面 名詞

앞 ap

例 앞을 잘 보고 걸으세요..
a peul jal bo go geo reu se yo
請好好看著前面走路。

前途/未來/將來 名詞

앞날 am nal

例 너는 젊고 재능도 많으니까 앞날이 창창해!
neo neun jeom go jae neung do ma neu ni kka am na
ri chang chang hae
你年輕又有許多才能，前途光明啊！

説/述説 動詞

얘기하다 yae gi ha da

例 이건 비밀인데, 너한테만 얘기하는 거야!

i geon bi mi rin de neo han te man yae gi ha neun geo ya

這是祕密，我只跟你説喔！

肩膀 名詞

어깨 eo kkae

例 동혁이는 운동을 해서 어깨가 아주 넓어요.

dong hyeo gi neun un dong eul hae seo eo kkae ga a ju neol beo yo

東奕有在運動所以肩膀很寬。

哪/何/某 冠詞

어느 eo neu

例 너는 이 중에서 어느 것이 제일 맛있어 보이니?

neo neun i jung e seo eo neu geon ni je il man ni seo bo i ni

這幾個當中你覺得哪一個看起來最好吃？

暗/黑暗 形容詞

어둡다 eo dup da

例 해가 져서 밖이 어두워요.

hae ga jyeo seo ba kki eo du wo yo

太陽下山了所以外面很暗。

283

● track 143

哪裡/哪兒 代名詞

어디 eo di

例 화장실은 어디 있나요?
hwa jang si reun eo di in na yo
化妝室在哪裡。

怎麼辦(어떻게 하다的省略) 動詞

어떡하다 eo tteo ka da

例 만약에 신분증을 잃어버리면 어떡해?
man nya ge sin bun jeung eul ri reo beo ri myeon eo
tteo kae
如果身份證掉了怎麼辦？

怎麼/怎麼 副詞

어떻게 eo tteo ke

例 어떻게 이렇게 아름다울 수가 있지요?
eo tteo ke i reo ke a reum da ul su ga it ji yo
怎麼能夠這麼美？

大人/成人/長輩 名詞

어른 eo reun

例 아이들은 어른들의 보호 속에서 자라야 합니다.
a i deu reun eo reun deu rui bo ho so ge seo ja ra ya
ham ni da
小孩子要在大人的保護下成長。

年幼/幼小　形容詞

어리다　eo ri da

例　제 동생은 아직 어려서 부모님과 함께 잠을 자요.
je dong saeng eun a jik geo ryeo seo bu mo nim gwa
ham kke jam eul ja yo
我的弟弟年紀還很小所以跟父母一起睡覺。

趕快/快/請快　副詞

어서　eo seo

例　힘드실 텐데 어서 여기 앉으세요.
him deu sil ten de eo seo yeo gi an jeu se yo
你應該很累吧，趕快過來坐這邊。

昨天　名詞

어제　eo je

例　어제 뭐했어요?
eo je mwo hae seo yo
昨天你做了什麼？

反正/無論如何/總之　副詞

어쨌든　eo jjaet deun

例　실수도 많았지만 어쨌든 우리는 일을 무사히
끝마쳤어요.
sil su do ma nat ji man eo jjaet deun u ri neun i reul
mu sa hi kkeun ma chyeo seo yo
**雖然有過蠻多失誤的，無論如何我們還是平安無事的
完成工作了。**

• track 144

怪不得/難怪 副詞

어쩐지 eo jjeon ji

例 어쩐지 일본어를 무척 잘 한다 했더니, 어머니가
일본인이셨구나!

eo jjeon ji il bon eo reul mu cheok jal han da haet deo
ni eo meo ni ga il bon in i syeot gu na

難怪你的日語講得這麼好，原來媽媽是日本人哪！

怎麼/怎能 副詞

어찌 eo jji

例 저 둘은 분명 형제인데 어찌 저렇게 성격이
다를까?

jeo du reun bun myeong hyeong je in de eo jji jeo reo
ke seong gyeo gi da reul kka

他們兩個明明是兄弟，個性怎麼差這麼多？

勉強/硬 副詞

억지로 eok ji ro

例 배가 부르면 억지로 다 안 먹어도 돼요.

bae ga bu reu myeon eok ji ro da an meo geo do
dwae yo

如果吃飽了，就不必勉強吃完，沒關係。

👑 什麼時候/幾時 副詞

언제 eon je

例 우리 언제 만날래요?

u ri eon je man nal lae yo

我們什麼時候見面？

得到／獲得 動詞

얻다 eot da

例 마라톤 경기에 참가해서 기념품으로 수건을 얻었어요.

ma ra ton gyeong gi e cham ga hae seo gi nyeom pum eu ro su geon eul reo deo seo yo

我參加馬拉松比賽得到的紀念品是毛巾。

臉 名詞

얼굴 eol gul

例 저는 부끄러워지면 얼굴이 빨개져요.

jeo neun bu kkeu reo wo ji myeon eol gu ri ppal gae jyeo yo

我害羞的時候臉會變紅。

快／迅速／急忙 副詞

얼른 eol leun

例 얼른 숙제를 끝내고 나서 자고 싶어.

eol leun suk je reul kkeun nae go na seo ja go si peo

我想要趕快把作業做完去睡覺。

👑 多少 名詞

얼마 eol ma

例 이 호텔은 하루 숙박비가 얼마인가요?

i ho te reun ha ru suk bak bi ga eol ma in ga yo

這家飯店住一晚要多少錢？

● track 145

冰塊 名詞

얼음 eo reum

例 너무 더워서 주스에 얼음을 넣어 마셨어요.
neo mu deo wo seo ju seu e eo reum eul leo eo ma
syeo seo yo
太熱了所以我在果汁裡放冰塊來喝。

👑 **沒有/無** 形容詞

없다 eop da

例 그는 요새 돈이 별로 없어.
geu neun nyo sae don i byeol lo eop seo
他最近很沒錢。

前天/前些日子(엊그저께的省略) 名詞

엊그제 eot geu je

例 고등학생이었을 때가 엊그제 같은데, 벌써
직장인이라니!
go deung hak saeng i eo seul ttae ga eot geu je ga
teun de beol sseo jik jang in i ra ni
**我的高中生活好像前幾天的事，結果現在我已經是上
班族了！**

👑 **在/表示時間/地點/原因** 助詞

에 e

例 시계는 어디에 있어요?
si gye neun eo di e i sseo yo
手錶在哪裡？

這邊 名詞

여기 yeo gi

例 여기 좀 봐 주세요.

yeo gi jom bwa ju se yo

請看一下這邊。

夏天 名詞

여름 yeo reum

例 여름에는 선크림을 자주 발라줘야 해요.

yeo reum e neun seon keu rim eul ja ju bal la jwo ya hae yo

夏天的時候要時常擦防曬油。

親愛的/甜心/夫妻之間的稱呼 嘆詞

여보 yeo bo

例 여보, 오늘 저녁에는 외식할까요?

yeo bo o neul jeo nyeo ge neun oe si kal kka yo

親愛的，今天晚上我們要不要在外面吃？

仍然 副詞

여전히 yeo jeon hi

例 너는 여전히 아주 예쁘구나!

neo neun nyeo jeon hi a ju ye ppeu gu na

妳仍然是這麼美麗！

● track 146

站/車站　名詞

역　yeok

例　저는 이번 역에서 내려야 해요.
jeo neun i beon nyeo ge seo nae ryeo ya hae yo
我必須要在這一站下車。

反效果　名詞

역효과　yeok yo gwa

例　그가 말실수를 해서 오히려 역효과가 났어요.
geu ga mal sil su reul hae seo o hi ryeo yeok yo gwa
ga na seo yo
他講錯話了，結果反而造成反效果。

開　動詞

열다　yeol da

例　저 가게는 아침 10시에 열어요.
jeo ga ge neun a chim yeol si e yeo reo yo
那家店早上10點開門。

(被)打開/(被)舉辦　動詞

열리다　yeol li da

例　이 문은 자동문이라 자동으로 열려요.
i mun eun ja dong mun i ra ja dong eu ro yeol lyeo yo
這個門是自動門所以會自動打開。

- -

例　이번 월드컵 경기는 어느 나라에서 열리나요?
i beon wol deu keop gyeong gi neun eo neu na ra e
seo yeol li na yo
這次世界杯比賽在哪個國家舉辦？

果實/果子 名詞

열매 yeol mae

例 우리 집 앞 사과나무는 열매가 주렁주렁 열렸어요.

u ri jip bap sa gwa na mu neun yeol mae ga ju reong ju reong yeol lyeo seo yo

我們家前面的蘋果樹結出纍纍的果實。

偷看/竊看 動詞

엿보다 yeot bo da

例 내 동생은 내가 뭘 하는지 문틈으로 몰래 엿보는 것을 좋아해요.

nae dong saeng eun nae ga mwol ha neun ji mun teum eu ro mol lae yeot bo neun geos eul jo a hae yo

我的妹妹很喜歡從門縫裡偷看我在做什麼。

旁邊/附近 名詞

옆 yeop

例 우리 집 옆에는 할머니와 할아버지가 살고 계세요.

u ri jip byeo pe neun hal meo ni wa ha ra beo ji ga sal go gye se yo

我的爺爺奶奶住在我家隔壁。

漂亮/美麗/可愛/俊秀 形容詞

예쁘다 ye ppeu da

例 이 옷 정말 예쁘네요.

i ot jeong mal rye ppeu ne yo

這件衣服真漂亮。

● track 147

以前/過去/昔日/古時候 名詞

옛날 yen nal

例 할머니는 가끔 옛날 얘기를 하시며 즐거워하신다.
hal meo ni neun ga kkeum yen nal ryae gi reul ha si
myeo jeul geo wo ha sin da
奶奶有時候會喜歡講以前的故事。

今天 名詞

오늘 o neul

例 오늘 점심에 밥을 먹고 학교에 가야 해요.
o neul jeom sim e ba beul meok go hak gyo e ga ya
hae yo
今天吃完午餐要去學校。

來 動詞

오다 o da

例 오후 5시까지 저희 사무실로 오세요.
o hu da seot si kka ji jeo hui sa mu sil lo o se yo
下午五點請到我的辦公室來。

很久 副詞

오래 o rae

例 오래 기다리셨죠? 죄송합니다.
o rae gi da ri syeot jyo joe song ham ni da
你等了很久吧？對不起。

上升/提高 動詞

오르다 o reu da

例 산 정상에 오르니, 멋진 풍경이 한눈에 보였어요.
san jeong sang e o reu ni meot jin pung gyeong i han nun e bo yeo seo yo
到達了山頂,將美景盡收眼簾。

例 열심히 공부하더니 성적이 정말 많이 올랐구나!
yeol sim hi gong bu ha deo ni seong jeo gi jeong mal ma ni ol lat gu na
很努力讀書結果功課真的進步了啊!

反而/反倒 副詞

오히려 o hi ryeo

例 이 집은 삼겹살이 유명한데, 오히려 갈비가 훨씬 더 맛있어요.
i ji beun sam gyeop sa ri yu myeong han de o hi ryeo gal bi ga hwol ssin deo man ni seo yo
這家店是以烤肉聞名的,結果反而排骨更好吃。

全/所有/滿 形容詞

온 on

例 어제 온 가족이 함께 여행을 떠났어요.
eo je on ga jo gi ham kke yeo haeng eul tteo na seo yo
昨天我們全家一起出發去旅行。

293

● track 148

往上去 動詞

올라가다 ol la ga da

例 여기서 세 층만 더 올라가면 됩니다.
yeo gi seo se cheung man deo ol la ga myeon doem ni da
只要從這裡再往上三層就可以了。

♔ 今年 名詞

올해 ol hae

例 올해 가장 기억에 남는 일은 유럽 여행을 갔던 거예요.
ol hae ga jang gi eo ge nam neun i reun nyu reop byeo haeng eul gat deon geo ye yo
今年紀念最深刻的事情就是去歐洲旅行。

對/正確 形容詞

옳다 ol ta

例 우리 부모님은 항상 옳은 말씀만 하세요.
u ri bu mo nim eun hang sang o reun mal sseum man ha se yo
我的父母總是只說正確的話。

♔ 衣服 名詞

옷 ot

例 나는 편한 옷이 좋아요.
na neun pyeon han on ni jo a yo
我喜歡舒適的衣服。

來回/徘廻 動詞

왔다 갔다 wat da gat da

例 나는 매일 학교와 집을 왔다 갔다 해요.
na neun mae il hak gyo wa ji beul rwat da gat da hae yo
我每天來回於學校與家裡。

為什麼 副詞

왜 wae

例 왜 한국어를 배우고 싶으신가요?
wae han gu geo reul bae u go
你為什麼想要學韓語呢?

不知道為什麼 副詞

왠지 waen ji

例 봄이 되니까 왠지 설레는걸?
bom i doe ni kka waen ji seol le neun geol
已經春天了,不知道為什麼還會冷?

孤獨/寂寞 形容詞

외롭다 oe rop da

例 기숙사에 아무도 없으니까 정말 외로워요.
gi suk sa e a mu do eop seu ni kka jeong mal roe ro wo yo
宿舍裡都沒有人,很寂寞。

● track 149

呼喊／吶喊 動詞

외치다 oe chi da

例 나는 산 정상에 올라, 큰 소리로 야호를 외쳤다.
na neun san jeong sang e ol la keun so ri ro ya ho reul
roe chyeot da
我到山頂上去大聲喊著呀呼。

最近 名詞

요즘 yo jeum

例 요즘 어떻게 지내세요?
yo jeum eo tteo ke ji nae se yo
最近過得怎麼樣？

哭 動詞

울다 ul da

例 나는 아기가 우는 소리에 잠을 깨고 말았어요.
na neun a gi ga u neun so ri e jam eul kkae go ma ra
seo yo
我因為孩子的哭聲而被吵醒。

👑 **好笑** 動詞

웃기다 ut gi da

例 나는 저 개그맨이 가장 웃기다고 생각해요!
na neun jeo gae geu maen i ga jang ut gi da go saeng
ga kae yo
我覺得那個搞笑藝人最好笑！

笑 動詞

웃다 ut da

例 사진 찍을 때는 환하게 웃으세요.

sa jin jji geul ttae neun hwan ha ge us eu se yo

拍照的時候請開朗的笑。

笑 名詞

웃음 u seum

例 나는 친구의 농담을 듣고 웃음을 터뜨렸습니다.

na neun chin gu ui nong dam eul deut go us eum eul teo tteu ryeot seum ni da

我聽見朋友說的笑話爆笑出來。

怎麼回事/怎麼啦 名詞

웬일 wen il

例 너 오늘은 웬일로 지각하지 않고 일찍 왔니?

neo o neu reun wen il lo ji ga ka ji an ko il jjik gwan ni

今天你怎麼沒有遲到反而早到了？

上 名詞

위 wi

例 책상 위에 있는 물통 좀 갖다 줄래요?

chaek sang wi e in neun mul tong jom gat da jul lae yo

桌子上的水瓶可以幫我拿來嗎？

為/為了 動詞

위하다 wi ha da

例 이건 너를 위한 일이야.
i geon neo reul rwi han i ri ya
這件事是為你而做的喔。

贏/勝利 動詞

이기다 i gi da

例 나는 동생과의 게임에서 5번이나 이겼어요.
na neun dong saeng gwa ui ge im e seo da seot beon
i na i gyeo seo yo
我跟妹妹的比賽我贏了五次。

故事/談話 名詞

이야기 i ya gi

例 나는 어제 있었던 이야기를 듣고 깜짝 놀랐다.
na neun eo je i seot deon i ya gi reul deut go kkam
jjak nol lat da
我昨天聽到了一件事讓我嚇一跳。

熟/成熟 形容詞

익다 ik da

例 계란이 다 익었으니 가스 불을 끄세요.
gye ran i da i geo seu ni ga seu bu reul kkeu se yo
蛋已經熟了，請把瓦斯的火關掉。

做事/工作 動詞

일하다 il ha da

例 우리 언니는 서울에서 일해요.
u ri eon ni neun seo u re seo il hae yo
我的姊姊在首爾工作。

有 動詞

있다 it da

例 우리 집에는 5개의 방이 있어요.
u ri ji be neun da seot gae ui bang i i seo yo
我們家有五個房間。

睡 動詞

자다 ja da

例 나는 주말에 낮잠을 자요.
na neun ju ma re nat jam eul ja yo
週末的時候我都會睡大頭覺。

常常/時常 副詞

자주 ja ju

例 물을 자주 마시면 피부가 좋아진다고 해요.
mu reul ja ju ma si myeon pi bu ga jo a jin da go hae
yo
聽說常喝水皮膚會變好。

● track 151

👑 好/好好的/常常　副詞

잘　jal

例 현지는 글을 잘 씁니다.
hyeon ji neun geu reul jal sseum ni da
賢智字寫得很好。

錯誤/做錯　動詞

잘못하다　jal mo ta da

例 이번 일은 제가 정말 잘못했으니 용서해
주시겠어요?
i beon i reun je ga jeong mal jal mo tae seu ni yong
seo hae ju si ge seo yo
這件事情我真的是做錯了，你可以原諒我嗎？

把握/拿/抓/捕捉/得到　動詞

잡다　jap da

例 내 손을 잡아요.
nae son eul ja ba yo
請抓住我的手。

開玩笑/惡作劇/調皮　名詞

장난　jang nan

例 남자 아이들은 장난이 심한 편이에요.
nam ja a i deu reun jang nan i sim han pyeon i e yo
男孩子玩笑總是開得比較過份。

我們 代名詞

저희 jeo hui

例 저희 가족은 모두 다섯 명입니다.
jeo hui ga jo geun mo du da seot myeong im ni da
我的家庭有五個人。

♛ **真的** 副詞

정말 jeong mal

例 컨딩는 정말 아름다운 관광지예요.
keon ding neun jeong mal a reum da un gwan gwang ji ye yo
墾丁真的是很美麗的觀光地。

精神/心靈/神智 名詞

정신 jeong sin

例 잠깐 자고 나서 맑은 정신으로 다시 공부해야겠어!
jam kkan ja go na seo mal geun jeong sin eu ro da si gong bu hae ya ge seo
睡一下之後精神變得更清晰,現在該讀書了!

(忙得)不可開交/(發呆到)恍惚/(睡到)昏昏沉沉/昏(睡) 副詞

정신없이 jeong sin eop si

例 너무 배가 고파서 정신없이 밥을 먹었어요.
neo mu bae ga go pa seo jeong sin eop si ba beul meo geo seo yo
因為肚子太餓了,所以急急忙忙不加思索的吃飯。

● track 152

振作精神　動詞

정신차리다　jeong sin cha ri da

例　오늘부터는 정신차리고 부지런하게 살 거예요!
o neul bu teo neun jeong sin cha ri go bu ji reon ha ge
sal geo ye yo
從今天開始我要振作精神勤勞的來生活！

👑 我(謙稱)/自己/我的　代名詞

제　je

例　이것은 제 가방입니다.
i geos eun je ga bang im ni da
這是我的包包。

確實/順利/正常/滿意　形容詞

제대로　je dae ro

例　우리 사장님은 일을 제대로 하는 사람을
좋아하세요.
u ri sa jang nim eun i reul je dae ro ha neun sa ram eul
jo a ha se yo
我們社長喜歡能夠確實做好事情的人。

👑 拜託/千萬　副詞

제발　je bal

例　제발 이 회사에 취직하게 해 주세요!
je bal ri hoe sa e chwi ji ka ge hae ju se yo
拜託請讓我能夠來這個公司工作！

👑 少量/稍微/一點　副詞

조금　jo geum

例 소금을 조금만 더 넣어 주시겠어요?
so geum eul jo geum man deo neo eo ju si ge seo yo
可以再多放一點鹽嗎？

悄聲地/靜靜地/安靜地　副詞

조용히　jo yong hi

例 조용히 이야기하세요.
jo yong hi i ya gi ha se yo
請小聲說話。

👑 稍微(조금的省略)/少量/一點/稍微　副詞

좀　jom

例 휴지 좀 주세요.
hyu ji jom ju se yo
請給我一點衛生紙。

例 좀 도와 주시겠어요?
jom do wa ju si ge seo yo
可以稍微幫我一下忙嗎？

例 설탕 좀 더 넣어 주세요.
seol tang jom deo neo eo ju se yo
請再多放一點糖。

• track 153

好/高興/愉快/可以 形容詞

좋다 jo ta

例 나는 친구들과 수다떠는 것이 제일 좋아요.
na neun chin gu deul gwa su da tteo neun geon ni je il
jo a yo
我最喜歡跟朋友們閒聊。

享受 動詞

즐기다 jeul gi da

例 현재를 즐겨!
hyeon jae reul jeul gyeo
享受現在吧！

現在 名詞、副詞

지금 ji geum

例 지금 통화 가능하신가요?
ji geum tong hwa ga neung ha sin ga yo
現在講話方便嗎？

過日子/度過 動詞

지내다 ji nae da

例 우리 친하게 지내자.
u ri chin ha ge ji nae ja
我們以後好好相處吧。

輸 動詞

지다 ji da

例 내 남동생이랑 팔씨름을 하면 내가 무조건 져요.
nae nam dong saeng i rang pal ssi reum eul ha myeon
nae ga mu jo geon jyeo yo
我跟我弟比腕力無條件每次都是我輸。

看守/保衛/保守 動詞

지키다 ji ki da

例 우리 집 강아지는 집을 지킵니다.
u ri jip gang a ji neun ji beul ji kim ni da
我們家的狗在看家。

👑 **家/房屋** 名詞

집 jip

例 나는 정원이 있는 집에서 살고 싶어요.
na neun jeong won i in neun ji be seo sal go si peo yo
我想要住在有前院的家。

做/蓋/煮/編/種 動詞

짓다 jit da

例 우리 아파트 옆에 도서관을 짓는 중이에요.
u ri a pa teu yeo pe do seo gwan eul jin neun jung i e
yo
我們公寓旁邊正在蓋圖書館。

- -

例 나는 전기 밥솥으로 밥을 지어요.
na neun jeon gi bap so teu ro ba beul ji eo yo
我用電鍋煮飯。

● track 154

一對/雙 名詞

짝 jjak

例 둘씩 짝을 지어 줄을 서 주세요.
dul ssik jja geul ji eo ju reul seo ju se yo
兩個兩個一起，排成一排。

單戀 名詞

짝사랑 jjak sa rang

例 나는 그 오빠를 4년 동안 짝사랑했었어요.
na neun geu o ppa reul sa nyeon dong an jjak sa rang
hae seo seo yo
我在四年當中單戀那個哥哥了。

👑 冷 形容詞

차다 cha da

例 바깥 공기가 너무 차요.
ba kkat gong gi ga neo mu cha yo
外面的空氣很冷。

👑 善良 形容詞

착하다 cha ka da

例 제 친구는 정말 착해요.
je chin gu neun jeong mal cha kae yo
那個朋友真的很善良。

讚揚/讚頌/頌揚　動詞

찬양하다　chan nyang ha da

例 그는 산이 아름답다고 찬양했다.

geu neun san i a reum dap da go chan nyang haet da

他讚揚山的美麗。

真的/真是/果然；對了　副詞、嘆詞

참　cham

例 저번에 봤던 그 연극 참 재미있었는데!

jeo beon e bwat deon geu yeon geuk cham jae mi i
seon neun de

上次看到的戲劇真的很有趣！

例 참! 우리 내일 만나기로 한 거, 잊지 않았지?

cham u ri nae il man na gi ro han geo it ji a nat ji

對了！我們明天約好要見面，你沒忘記吧？

糯米　名詞

찹쌀　chap ssal

例 찹쌀로 떡을 만들었더니 쫄깃해요.

chap ssal lo tteo geul man deu reot deo ni jjol gi tae
yo

年糕是用糯米做的，所以很有嚼勁。

丟臉　名詞

창피　chang pi

例 창피해!

chang pi hae

真丟臉！

● track 155

尋找 動詞

찾다 chat da

例 안경을 어디에 두었는지 몰라서 찾고 있어요.
an gyeong eul reo di e du eon neun ji mol la seo chat go i seo yo
我不知道眼鏡放在哪裡所以正在尋找。

收拾/整理/照顧 動詞

챙기다 chaeng gi da

例 빠뜨린 물건 없이 모두 챙겼어요?
ppa tteu rin mul geon eop si mo du chaeng gyeo seo yo
有沒有忘記什麼,東西全都帶了嗎?

第一次/起初 名詞

처음 cheo eum

例 처음 보는 분인데, 누구신가요?
cheo eum bo neun bun in de nu gu sin ga yo
第一次看見的人耶,他是誰呢?

慢慢地 副詞

천천히 cheon cheon hi

例 천천히 오세요.
cheon cheon hi o se yo
請慢慢過來。

充滿/裝滿 動詞

채우다 chae u da

例 이 물통에 따뜻한 물을 좀 채워 주세요.

i mul tong e tta tteu tan mu reul jom chae wo ju se yo

請幫我裝熱水在這個水瓶裡。

少女 名詞

처녀 cheo nyeo ~

例 영희는 아직 시집을 안 간 처녀예요.

yeong hui neun a jik si ji beul ran gan cheo nyeo ye yo

英喜是還沒有出嫁的少女。

裝… 動詞

척하다 cheo ka da

例 아는 척하는 것보다 모른다고 솔직하게 말하는
편이 나아요.

a neun cheo ka neun geot bo da mo reun da go sol ji
ka ge mal ha neun pyeon i na a yo

與其裝作認識，倒不如老實的說不認識還比較好。

跳舞 動詞

춤추다 chum chu da

例 우리는 노래방에서 노래를 부르며 춤추고
놀았어요.

u ri neun no rae bang e seo no rae reul bu reu myeo
chum chu go no ra seo yo

我們去ktv唱歌又跳舞。

● track 156

打/拍/擊/鼓(掌)/喊/放(調味料) 動詞

치다 chi da

例 그는 내 어깨를 툭툭 쳤다.
geu neun nae eo kkae reul tuk tuk chyeot da
他拍拍我的肩膀。

例 우리 내일 배드민턴 치지 않을래?
u ri nae il bae deu min teon chi ji a neul lae
我們明天要不要打羽毛球呢?

個子 名詞

키 ki

例 나는 언니보다 키가 커요.
na neun eon ni bo da ki ga keo yo
我比姐姐個子更高。

騎/坐 動詞

타다 ta da

例 나는 버스를 타고 집으로 돌아갔습니다.
na neun beo seu reul ta go ji beu ro do ra gat seum ni
da
我搭巴士回家。

沏/和/沖 動詞

타다 ta da

例 우유에 코코아 가루를 타 먹으면 정말 맛있어요.
u yu e ko ko a ga ru reul ta meo geu myeon jeong mal
man ni seo yo
在牛奶裡和一些可可亞粉進去真的很好喝。

起火/燃燒 動詞

타다 ta da

例 고기가 다 타 버렸어!
go gi ga da ta beo ryeo seo
肉都燒焦了！

下巴 名詞

턱 teok

例 턱에 밥풀을 묻히고 말았어요.
teo ge bap pu reul mu chi go ma ra seo yo
你的下巴黏到飯粒了。

準沒錯 副詞

틀림없이 teul lim eop si

例 이건 틀림없이 우리 선생의 글씨체예요.
i geon teul lim eop si u ri seon saeng ui geul ssi che ye yo
這是我們老師寫的字準沒錯。

瑕疵/氣味/氣息 名詞

티 ti

例 쟤 하는 행동을 보면, 저 오빠를 좋아하는 티가 나요.
jyae ha neun haeng dong eul bo myeon jeo o ppa reul jo a ha neun ti ga na yo
看她的行為就知道她在喜歡那個哥哥，有那種氣味。

● track 157

👑 蔥/青蔥 名詞

파 pa

例 국에 파를 썰어 넣으면 더 맛있어요.

gu ge pa reul sseo reo neo eu myeon deo man ni seo yo

切一些蔥放進湯裡面會更好吃。

解開 動詞

풀다 pul da

例 신발끈이 너무 엉켜서 푸느라고 힘들었어요.

sin bal kkeun i neo mu eong kyeo seo pu neu ra go
him deu reo seo yo

鞋帶打結了要解開很費勁。

이 퀴즈 풀 수 있는 사람 있어요?

i kwi jeu pul su in neun sa ram i seo yo

有人可以解開這個謎題嗎?

懷中/懷抱 名詞

품안 pum an

例 아기는 엄마의 품안에서 잠이 들었어요.

a gi neun eom ma ui pum an e seo jam i deu reo seo
yo

孩子在媽媽的懷中睡著了。

天空 名詞

하늘 ha neul

例 하늘에 먹구름이 잔뜩 껴 있어요.

ha neu re meok gu reum i jan tteuk kkyeo i seo yo

天空中烏雲密佈。

做 動詞

하다 ha da

例 나는 내일 출근할 준비를 해야 해요.

na neun nae il chul geun hal jun bi reul hae ya hae yo

我該要準備明天上班的東西了。

但是/可是/然而 副詞

하지만 ha ji man

例 일기 예보에서 날씨가 좋을 거라고 했어요.
하지만 하루 종일 비가 내렸어요.

il gi ye bo e seo nal ssi ga jo eul geo ra go hae seo yo
ha ji man ha ru jong il bi ga nae ryeo seo yo

氣象預報說天氣會很好,但是結果整天都在下雨。

總是 副詞

항상 hang sang

例 그는 매일 저녁 8시에 항상 헬스장에 가세요.

geu neun mae il jeo nyeok yeo deol si e hang sang hel
seu jang e ga se yo

他每天晚上八點都會去健身房。

陽光 名詞

햇살 haet sal

例 나는 아침 햇살에 눈이 부셔서 잠에서 깼어요.

na neun a chim haet sa re nun i bu syeo seo jam e seo
kkae seo yo

我因為清晨陽光照耀眼睛,所以醒來了。

● track 158

白費 動詞

헛되다 heot doe da

例 네가 하는 모든 노력은 헛되지 않을 거예요.
ne ga ha neun mo deun no ryeo geun heot doe ji a
neul geo ye yo
你所有的努力不會白費的。

甜餅/胡餅(黑糖餡餅) 名詞

호떡 ho tteok

例 따뜻한 호떡이 먹고 싶어요.
tta tteu tan ho tteo gi meok go si peo yo
我想要吃熱呼呼的甜餅。

👑 或許/也許/如果/萬一 副詞

혹시 hok si

例 혹시 우리 예전에 만난 적 있지 않나요?
hok si u ri ye jeon e man nan jeok git ji an na yo
我們以前見過面嗎？

👑 一個人/獨自/單獨 副詞

혼자 hon ja

例 지금 혼자 있어요?
ji geum hon ja i seo yo
你現在一個人嗎？

亮/明亮/明顯 形容詞

환하다 hwan ha da

例 달빛이 환해서 손전등이 필요없어요.
dal bi chi hwan hae seo son jeon deung i pil lyo eop
seo yo
月光很亮，所以不需要手電筒。

土/土壤/泥土 名詞

흙 heuk

例 당근에 묻은 흙을 털고 물로 씻어 주세요.
dang geun e mu deun heul geul teol go mul lo ssis eo
ju se yo
把紅蘿蔔上面的土拍掉，然後用水洗一洗。

♛ 白/白色的 形容詞

희다 hui da

例 윤지의 피부는 아주 희어요.
yun ji ui pi bu neun a ju hui eo yo
允之的皮膚很白。

♛ 力氣 名詞

힘 him

例 힘내세요.
him nae se yo
加油。

韓語館 系列 19

韓語單字簡單到不行

 作者　王愛實　 執行編輯　王薇婷　 美術編輯　蕭佩玲

出版社

22103　新北市汐止區大同路三段１８８號９樓之１
TEL　（02）8647-3663
FAX　（02）8647-3660

法律顧問　方圓法律事務所　涂成樞律師

總經銷：永續圖書有限公司
永續圖書線上購物網
www.foreverbooks.com.tw

CVS代理　美璟文化有限公司
　　　　　TEL　（02）2723-9968
　　　　　FAX　（02）2723-9668
出版日　2015年7月

國家圖書館出版品預行編目資料

韓語單字簡單到不行 / 王愛實著. -- 初版.
　-- 新北市：語言鳥文化, 民104. 07
　　　面；　公分. --（韓語館；19）
　ISBN 978-986-91666-1-4(平裝附光碟片)

　1. 韓語 2. 詞彙

　803. 22　　　　　　　　　　　104008121

語言鳥 Parrot 讀者回函卡

韓語單字簡單到不行

感謝您對這本書的支持，請務必留下您的基本資料及常用的電子信箱，以傳真、掃描或使用我們準備的免郵回函寄回。我們每月將抽出一百名回函讀者寄出精美禮物，並享有生日當月購書優惠價，語言鳥文化再一次感謝您的支持與愛護！

想知道更多更即時的消息，歡迎加入 "永續圖書粉絲團"

傳真電話：　　　　　　　　　電子信箱：
(02) 8647-3660　　　　　　　yungjiuh@ms45.hinet.net

基本資料

姓名：_____ ○先生　電話：_____
　　　　　　　 ○小姐

E-mail：_____

地址：_____

購買此書的縣市及地點：

□連鎖書店　□一般書局　□量販店　□超商

□書展　□郵購　□網路訂購　□其他_____

您對於本書的意見

內容	：	□滿意	□尚可	□待改進
編排	：	□滿意	□尚可	□待改進
文字閱讀	：	□滿意	□尚可	□待改進
封面設計	：	□滿意	□尚可	□待改進
印刷品質	：	□滿意	□尚可	□待改進

您對於敝公司的建議

_____

_____

_____

剪下後傳真、掃描或寄回至「221 03 新北市汐止區大同路3段188號9樓之1 永續圖書文化」

新北市汐止區大同路三段188號9樓之1

語言鳥文化事業有限公司

編輯部　收

請沿此虛線對折免貼郵票，以膠帶黏貼後寄回，謝謝！

語言是通往世界的橋梁

語言鳥Parrot
語言是通往世界的橋梁